एक पागल जादूगर का भूत

गगनदीप सिंह भरारा 'निशब्द'

Made with ♥ on the Notion Press Platform
www.notionpress.com

क्रम-सूची

यह कहानी एक हास्य और डरावने अभिप्राय को दर्शाती है। इसको लिखने का ख्याल मुझे यूट्यूब पर चल रहे स्केरी कॉमेडी शोज से आया। जिन्हें मेरा बेटा बड़े मजे ले कर देख रहा था। कुछ हल्का फुल्का लिखा जिसमें कुछ डर और कुछ हास्य के रंग हैं। बड़े बच्चों और नौजवानों को शायद यह मेरी प्रस्तुति पसंद आये। बस इसलिए लिख दिया....

प्रस्तावना

इस कहानी की शुरुआत कुछ मज़ाक से हुई, मगर मैं जैसे-जैसे इसे लिखता गया तो कुछ खुद हँसा और कुछ मेरे दोस्त। कुछ ने कहा कवि साहिब ये क्या लिख रहे हो, कुछ हो तो नहीं गया तुम्हें। मगर कुछ ने साथ दिया और एक नयी कहानी की संरचना को अंत तक पहुँचाने में मदद भी की। सोचा नहीं था इसे प्रकाशित करूँगा। मगर ना जाने क्यों लगा की शायद कुछ लोगों को पसंद आ जाये, बस उन्हीं के लिए प्रकाशित करवा रहा हूँ। उम्मीद है इस कहानी को समझने और आनंद लेने वाले इसके पाठक, इसे मिल जायेंगे।

मेरी किताब को अंजाम तक पहुँचाने में मेरी मदद करने के लिए मैं शुक्रगुज़ार हूँ राज कुमार, अनिल कुमार और सुरेश जांदेड़ जी का, जिनकी मदद के बिना यह किताब आप तक पहुँच नहीं पाती। साथ ही मैं आभारी हूँ श्री गोपाल अर्जियाल का जिन्होंने इसे एक अलग ही स्वरुप दे दिया, अपनी आवाज़ दे कर। इसे पॉडकास्ट में भी सुन सकते हैं आप। किस्से कहानियाँ (Kisse Kahaniyan) के नाम से यह पॉडकास्ट हर चैनल पर चल रहा है।

मैं आभारी हूँ अपने माता जी और पिता जी का जिनके आशीर्वाद से मैं अपनी पाँचवी किताब आपके समक्ष ला पाया हूँ। साथ ही मैं धन्यवाद करना चाहता हूँ अपनी पत्नी और सपुत्र का जिन्होंने मेरे इस अनोखे ख्यालों के सफ़र में मेरा साथ दिया।

भूमिका

जादूगरों की दुनियां ने हमें हमेशा से अपनी तरफ खींचा है। वहीं भूतों के नाम से ही हमें डर लगता है। कहने को हम खुद को जितने भी बहादुर कहें मगर रात को पीपल के पेड़ के नीचे से अकेले निकलने में डर लगता है। इसी भूतों, तांत्रिकों और जादूगरों की दुनिया को इस किताब में समेटने की कोशिश की गई है।

एक बौना जादूगर जो अपनी जादू की दुनियां से बहुत खुश था। कुछ अनोखा ही था उसका जादू जहाँ खौफ का माहौल भी था और कुछ अनोखा, अद्‌भुत और सम्मोहन से भरा अंदाज़ भी। मगर उसका सफर कब उसे एक भूत बना देता है उसको पता ही नहीं लगता। आखिर इस दुनिया में यदि आप कुछ अच्छा करते हैं और खासकर तब जब आप दूसरों से बेहतर हों, तो जलन, द्‌वेष और बदले की भावना बन ही जाती है।

भारत देश में यदि होता है भूतों का ज़िक्र तो सबसे पहले आता हैं उन्हें भगाने वाले तांत्रिकों का ध्यान और यही हुआ बौने जादूगर के साथ, जब गाँव वालों ने बुलाया तांत्रिक बिजली वाले को....

करंट की यह विधि पुरानी,
मगर, कारगर, और भूतों पर भारी।
करंट की यह विधि पुरानी,
मगर, कारगर, और भूतों पर भारी।

क्या तांत्रिक बिजली वाला कर पाएगा पागल जादूगर के भूत का सामना या रह जायेगा वो भी अचंभित, या फिर कहानी में और भी हैं उलझने। जानना है तो पढ़िए यह जादू और भूतों की कहानी "पागल जादूगर का भूत" मेरी ज़ुबानी।

मैं कौन? मैं आपका सूत्रधार....

1

पागल जादूगर का भूत

<u>*कलाकार*</u>

1. *सूत्रधार*
2. *बौना जादूगर*
3. *राजू की माँ*
4. *गाँव वाले*
5. *मस्करा जादूगर*
6. *जादूगर का आदमी*
7. *कुंजी लाल*
8. *हरिया*

सूत्रधार: एक बार हरीपुर गाँव में, एक बौना जादूगर अपना तमाशा दिखाने आता है। पूरा गाँव बड़ी ही

उत्सुकता से उसके जादू को देखने और उसका मज़ा लेने की लिए एकत्रित होता है।

बौना जादूगर: मेहरबान, कद्रदान, पानदान, थूक दान, शरमाओ मत जान, मैं कोई ऐसा वैसा जादूगर नहीं हूँ। मैं आप सब को अपने वश में कर सकता हूँ। चाहे तो आसमान को ज़मीन तक ला सकता हूँ। ध्यान से देखिए मेरे जादू को, आपने ऐसा जादू ना कभी देखा होगा और ना ही कभी किसी से ऐसे जादू के बारे में सुना होगा। केवल आप के लिए, जी हाँ सिर्फ आपके लिए, पहली बार, पेश है बौने जादूगर का अद्‌भुत और विस्मित करने वाला जादू। तो लीजिये शुरू करते हैं।

सूत्रधार सभी गाँव वाले जादूगर की तरफ ध्यान से देखते हैं। तभी अचानक बहुत ज़ोर से बिजली चमकती है।

गाँव वाले डर जाते हैं।

बौना जादूगर: डरो मत, यह सब मेरा जादू है। अभी तो शुरुआत है, बस देखते जाइए।

सूत्रधार: तभी जादूगर का सिर उसके शरीर से अलग हो कर हवा में उड़ने लगता है।

गाँव के लोग यह देख एक दूसरे को पकड़ लेते हैं। कुछ तो कंबल में सिर छुपा लेते हैं। बच्चे माँ के पास भागते हैं।

बौना जादूगर: हा, हा, हा ... क्या कहते हो, देखा है कभी ऐसा जादू।

कुंजी लाल: नहीं ... कभी नहीं।

बौना जादूगर: मैं चाहूँ, तो तुम सब को अभी हवा में उड़ा सकता हूँ।

सूत्रधार: और साथ ही उसका एक हाथ मंच के एक तरफ जाने लगता है। लोग और डरने लगते हैं। पीछे से बिजली चमकने की आवाज़ उन्हें और डराती रहती हैं।

बौना जादूगर: मेहरबान, कद्रदान और अब आज की शाम का सबसे खतरनाक जादू देखने के लिए तैयार हो जाइए। क्या कोई बच्चा मेरे पास आएगा?

सूत्रधार: राजू भाग कर जादूगर के पास चला जाता है। बौना जादूगर, राजू को हिपनोटाइस कर सुला देता है और एक कपड़े से ढक कर लेटा देता है।

बौना जादूगरः मेहरबान, कद्रदान, दिल थाम कर बैठिए ऐसा जादू आपने अपनी ज़िन्दगी में कभी नहीं देखा होगा। मैं इस बच्चे के दो टुकड़े कर दूँगा।

सूत्रधारः सभी गाँव वाले यह सुन और डर जाते हैं और ध्यान से जादूगर की तरफ देखते हैं।

बौना जादूगरः ज़रा ध्यान से देखिए, पलकें झपकने में कहीं यह जादू छूट ना जाए।

सूत्रधारः बौना जादूगर हवा में दो चार बार तलवार घुमाता है। जादूगर के साथी, पीछे से कुछ पटाखे फोड़ते हैं और मंच जगमगा जाता है। तभी तलवार कपड़े से ढके बच्चे पर चलती है, मगर यह क्या?

बच्चे के दो टुकड़े हो गए।

बौना जादूगरः अरे नहीं, यह बच्चा यहाँ कैसे रह गया। उसे तो मंच के नीचे चले जाना चाहिए था।

सूत्रधारः गाँव वाले जादूगर का कोई खेल समझ ज़ोर-ज़ोर से हँसने लगते हैं और कुछ तो तालियाँ भी बजाते हैं। तभी राजू की माँ रोती हुई मंच की ओर भागती है और उसके ऊपर से कपड़ा हटाती है। राजू का शरीर दो हिस्से में कट गया होता है।

राजू की माँ रोते हुए बौने जादूगर को पकड़ कर अपने बेटे को वापिस जिंदा करने को कहती है।

राजू की माँः मेरा बेटा मुझे वापिस करो। इसे जिंदा करो। भगवान तुम्हें कभी माफ नहीं करेगा । तुम्हें मर कर भी मोक्ष ना मिलेगा। यह एक लाचार माँ का श्राप है।

सूत्रधारः यह कहते हुए राजू की माँ बेहोश हो जाती है।

गाँव वाले, गुस्से में बौने जादूगर को मारने के लिए उठते हैं। बौना जादूगर समझ ही नहीं पाता कि यह कैसे हुआ। गाँव वाले उसे बहुत मारते हैं और लहू लुहान कर अधमरा कर देते हैं।

बौने जादूगर के सारे साथी वहाँ से भाग जाते हैं। मगर बौना जादूगर गाँव वालों के मारने और इस सोच से परेशान होकर कि उसका जादू विफल कैसे हो गया, पागल हो जाता है। कुछ दिन तक वो वहीं गाँव के आस पास घूमता रहता है। पुलिस भी उसे पागल समझ गिरफ्तार नहीं

करती।

गाँव के कुछ बच्चे तो उसको पगला जादूगर बुला पत्थर भी मारते हैं।

बौना जादूगर: मुझे क्यों मार रहे हो ... मैं महान जादूगर हूँ .... मेरा जादू विफल कैसे हुआ?

कोई तो बताओ ....

सूत्रधार: बच्चे उसे मारते रहते हैं।

बच्चे: पगला जादूगर, पगला ..... पगला जादूगर .....

सूत्रधार: एक दिन बच्चे उसे मारते और छेड़ते हुए गाँव के बाहर तक भगा देते हैं और वह फिर गाँव में वापिस नहीं आता।

कुछ महीनों बाद एक और जादूगर गाँव में अपना जादू दिखाने आता है। गाँव वाले उसे जादू दिखाने से मना कर देते हैं।

मगर वो गाँव वालों को समझाता है कि वो सिर्फ हँसी मज़ाक और बच्चों के लिए जादू करता है। वह कोई भी खतरनाक जादू ना दिखाने की बात कर गाँव वालों को मना लेता है।

मस्करा जादूगर: मेरा नाम मस्करा है और मैं सिर्फ मस्ती भरा जादू करता हूँ।

यह देखिए मेरे हाथ में जो यह गिलास है, यह खाली है ..... है ना?

ध्यान से देखिए ....

गाँव वाले: हाँ खाली है।

मस्करा जादूगर: अरे नहीं, (हँसते हुए) यह देखिये, यह तो जूस से भरा है।

सूत्रधार: जादूगर सब को जूस से भरा गिलास दिखाता है और अचानक गिलास एक आदमी के सिर के ऊपर उल्टा कर देता है और वह आदमी डर के वहाँ से भागने की कोशिश में अपनी धोती में फँस कर, वहीं गिर जाता है।

सभी खूब हँसते हैं।

मस्करा जादूगर: अरे भागो नहीं, यह तो खाली है .. देखो ... हा .. हा ... हा ....

सूत्रधार: और अगले ही पल वह गिलास से जूस निकाल कर एक बच्चे को पीने को देता है। यह देख गाँव वाले खूब हँसते हैं।

मस्करा जादूगर: अब देखिए मेरे परदे का कमाल।

सूत्रधार: मस्करा जादूगर अपनी जैकेट के कॉलर से एक छोटा सा कपड़ा निकालता है।

मस्करा जादूगर: देखिए ...यह छोटा जरूर है, मगर उन मोटे अंकल को भी अपने पीछे छुपा सकता है। मोटे भाई साहिब क्या आप मंच पर आयेंगे?

सूत्रधार: मोटे अंकल मंच पर आते हैं। तभी भीड़ में बैठा एक आदमी पेट पकड़ कर खड़ा हो जाता है।

कुंजी लाल: अरे क्या हुआ तुम्हें?

जादूगर का आदमी: लगता है पेट खराब हो गया ... अई .. अई ... ओ .... लगता है निकल गई।

गाँव वाले: हा .. हा .. हा ..

सूत्रधार: यह देख सभी गांव वाले लोटपोट हो हँसते हैं। वह आदमी पेट और बम पकड़ कर भागता है। सभी गाँव वालों का ध्यान उस आदमी पर होता है और तभी मस्करा जादूगर, कपड़ा बदल देता है।

मस्करा जादूगर: अंकल, इधर बैठिए, घबराइए मत, मैं सिर्फ आपको इस कपड़े के पीछे छुपा दूँगा।

सूत्रधार: उस छोटे कपड़े को मोटे अंकल के पेट के सामने रखता है, तो ऐसा लगता है, मानो किसी हाथी पे जैसे चींटी बैठी हो। यह देख सब हँसने लगते हैं।

गाँव वाले: हा .. हा .. हा ..

मस्करा जादूगर: साहेबान, अब देखिए मस्करे जादूगर का कमाल।

सूत्रधार: और हवा में कपड़ा उड़ा, वो कपड़े को बड़ा कर मोटे अंकल को पूरी तरह छुपा देता है।

कुंजी लाल: अरे वाह, क्या बात है।

हरिया: मज़ा आ गया ...

सूत्रधार: मस्करा जादूगर, गाँव वालों को हँसते देख खुश हो रहा था। तभी गाँव वाले हैरान हो जादूगर के पीछे देखते हैं। मस्करा जादूगर समझ नहीं पा रहा था कि यह ऐसा क्यों कर रहे हैं। तभी उसने पीछे देखा ... उस कपड़े में आग लग गई थी और वह कपड़ा जल के छोटा होने के

बजाए और बड़ा होने लगता है। सभी डर कर वहाँ से भागने लगते हैं।

कुंजी लाल: अरे भागो, लगता है पगला जादूगर आ गया है।

हरिया: कुछ दिन पहले मैंने उसे नदी की तरफ़ जाते देखा था। कहीं वो मर के भूत तो नहीं बन गया।

सूत्रधार: अचानक वो आग एक इंसान का रूप लेने लगती है और उसमें से बौने जादूगर की आवाज़ आती है।

बौना जादूगर: अरे कहाँ भाग रहे हो?

कुंजी लाल: भाइयों भागो, यह तो भूत ही है। राजू की माँ के श्राप से लगता है, बौना जादूगर भूत बन गया।

सूत्रधारः सभी गाँव वाले वहाँ से भागने लगते हैं। मोटे अंकल भी किसी तरह अपना पेट पकड़ कर भागते हैं।

क्या सच में यह बौने जादूगर का भूत था या कुछ और अगले भाग में पढ़िए ... *पागल जादूगर का भूत* या ...कुछ और।

2

लाशों के सिलसिले की शुरुआत

कलाकार

1. सूत्रधार
2. पगला जादूगर
3. कुंजी लाल
4. हरिया
5. गाँव वाले
6. मस्करा जादूगर
7. मोटे अंकल

पागल जादूगर: अरे गाँव वालों, कहाँ भाग रहे हो, मेरा जादू नहीं देखोगे। हा ... हा ... हा ..

सूत्रधार: पागल जादूगर विशाल कपड़े के रूप में गाँव वालों के ऊपर से उड़ता है। गाँव वाले डर के ऊपर भी नहीं देखते और किसी तरह अपनी जान बचाने के लिए भागते हैं। छोटे बच्चों को माँ बाप अपनी गोद में उठा कर भाग रहे होते हैं।

कुंजी लाल: हे भगवान! आज बचा ले। फिर कभी मोटे हलवाई की दुकान से लड्डू नहीं चुराऊंगा।

मोटे अंकल: अरे काश, मैंने अपनी बीवी की बात सुनी होती, तो आज मैं पतला होता और मैं भाग कर अपनी जान बचा पाता।

सूत्रधार: मोटे अंकल भागते हुए दो पेड़ों के बीच फँस जाते हैं। अरे, ये क्या पागल जादूगर के भूत ने तो मस्करे जादूगर को उठा लिया है। मस्करा जादूगर कपड़े के हाथ में फँसा हुआ हवा में उड़ रहा है।

मस्करा जादूगर: बचाओ, बचाओ, कोई तो मुझे बचाओ।

सूत्रधार: मगर उसको कौन बचाता और देखते ही देखते भूत उसे उड़ा कर मानो आसमान में गायब हो जाता है।

हरिया: भाइयों, यह तो राजू की माँ का श्राप ही है, जिसकी वजह से बौना जादूगर भूत बन गया। अब इससे हमें कौन बचाएगा।

मोटे अंकल: अरे कोई मुझे तो निकालो। (पेड़ों में फँसे हुए)

सूत्रधार: कुछ दिन बीत जाते हैं और गाँव में डर का माहौल बढ़ता जा रहा था। पुलिस भी मस्करे जादूगर को अभी तक ढूंढ नहीं पाई थी। गाँव में तो लोग बात करने लगे थे कि अब तक तो पागल जादूगर के भूत ने मस्करे जादूगर को खा लिया होगा। इसी लिए तो अब तक उसकी लाश भी नहीं मिली थी।

कुंजी लाल सुबह-सुबह खेतों से भागता हुआ आता है।

कुंजी लाल: (हाँफता हुआ) बचाओ, बचाओ, मेरे पीछे पगले जादूगर का भूत है। बचाओ, बचाओ।

हरिया: (उसे रोकते हुए) रुको, रुको ... तुम्हारे पीछे कोई नहीं है। अरे, नहीं कुछ तो है। तुम्हारा पजामा, पीला क्यों हो रखा है?

सूत्रधार: यह देख वहाँ खड़े सभी गाँव वाले जोर-जोर से हँसने लगते हैं।

कुंजी लाल: वो भूत हम सब को मार के खा जायेगा। मैं तो खेतों में हल्का होने गया था। मगर मैंने देखा कि वो भूत, खेतों के बीच खड़ा हँस रहा था और जोर जोर से हिल रहा था।

सूत्रधार: कुंजी लाल, खेत के बीच में खड़े पक्षी भगाने वाले पुतले की ओर इशारा करता हुआ ये सब कह रहा था। लेकिन गाँव वाले समझे नहीं।

हरिया: यह तो बहुत खतरनाक स्थिति आ गई है। अब तो खेतों में जाना भी मुश्किल हो गया है।

सूत्रधार: गाँव वाले सभी और ज्यादा डर गए थे और डर के मारे अपने घरों से बाहर नहीं आ रहे थे। उधर पुलिस भी कुछ नहीं कर पा रही थी। रात को अचानक गाँव के एक घर में आग लग गई। उस घर में रहने वाला रामदीन बाहर दौड़ते हुए निकला और चिल्ला-चिल्ला कर गाँव वालों को इकट्ठा कर लिया। सभी ने मिल कर किसी तरह आग को बुझाया।

कुंजी लाल: ये जरूर पागल जादूगर के भूत ने ही किया होगा। रामदीन, उस दिन तुम्हीं उस जादूगर को गाँव के बाहर धक्के मार के छोड़ आए थे ना। वह उसी का बदला ले रहा है।

सूत्रधार: यह सुन, सभी गाँव वाले बहुत डर जाते हैं। सभी जादूगर से किए अपने व्यवहार के बारे में सोचने लगते हैं। सभी अपने घर जाने से कतराते हैं। और गाँव के बीच आम के पेड़ के नीचे पंचायत लगा कर बैठ जाते हैं।

कुछ देर बाद, उस सन्नाटे को तोड़ती हुई एक चीख निकलती है, एक गाँव वाला चिल्लाता है।

हरिया: वो देखो, वो कौन आ रहा है?

सूत्रधार: वह उस तरफ देखते हैं। कुछ गाँव वाले तो डर के मारे आंखें भी नहीं खोल पाते। सभी उसके पास आने का इंतजार करते हैं।

हरिया: यह तो मस्करा जादूगर है। पागल जादूगर ..अरे नहीं ... बौने जादूगर जी ने उसे छोड़ दिया।

मस्करा जादूगर: भाइयों, मुझे थोड़ा पानी चाहिए।

सूत्रधार: एक गाँव वाला हिम्मत कर उसे पानी पिलाता है। पानी पी कर वह वहाँ बैठ जाता है।

कुंजी लाल: भाई, जरा बताओ तो सही क्या हुआ?

मस्करा जादूगर: मुझे कुछ याद नहीं है। मैं तो अपना जादू दिखा रहा था। उसके बाद क्या हुआ, मुझे कुछ याद नहीं। मैं सीधा जंगल से चल के यहाँ तक आया हूँ। बस मुझे इतना ही याद है।

कुंजी लाल: चलो, शुक्र है, इसकी जान तो बच गई। इसका मतलब, (मुस्कुराते हुए) पागल जादूगर का भूत कम से कम किसी को मार तो नहीं रहा।

सूत्रधार: तभी अचानक, पेड़ों के पीछे से एक और आदमी दौड़ता हुआ आता है। मगर, यह क्या?

उसका सिर तो पीछे की तरफ मुड़ा हुआ है। अरे नहीं, कहीं यह भूत तो नहीं। गाँव वाले डर के एक दूसरे को पकड़ लेते हैं।

वह आदमी गाँव वालों के पास पहुँच कर गिर जाता है। कोई उसके पास जाने की हिम्मत नहीं करता। बहुत देर इंतजार करने के बाद, जब वह आदमी बिल्कुल हिलना डुलना बंद कर देता है तो कुंजी लाल उसके पास जाता है।

कुंजी लाल: यह तो मर गया है। ओह नहीं! यह तो राकेश है, जो बौने जादूगर के साथ काम करता था। इसके साथ मिल कर मैंने स्टेज सजाया था। मगर, यह यहाँ कैसे आया? और इसे मारा किसने?

सूत्रधार: यह सोच कर गाँव वाले डर के कांप जाते हैं। कोई कहता है, तांत्रिक बिजली वाले को बुलाओ, अब वो ही इस भूत से बचा पाएंगे हमें।

दूसरी तरफ पुलिस इस सोच में थी कि आखिर राकेश यहाँ आया कैसे और इसे मारा किसने? कहीं मस्करा जादूगर तो नहीं है इसके पीछे।

क्या तांत्रिक बिजली वाला, गाँव वालों को बचा पाएगा इस भूत से? जानने के लिए पढ़िए अगला भाग "*तांत्रिक बिजली वाले की भूत से मुलाकात*"।

3

तांत्रिक बिजली वाले की भूत से मुलाकात

<u>कलाकार</u>

1. सूत्रधार
2. तांत्रिक बिजली वाला
3. कुंजी लाल
4. मस्करा जादूगर
5. राकेश
6. गाँव वाले

सूत्रधारः इधर पुलिस पूरे जंगल में मस्करे जादूगर को साथ लेकर, बौने जादूगर का सुराग ढूंढने की कोशिश कर रही थी और दूसरी ओर तांत्रिक बिजली वाले को बुला कर गाँव वाले बौने जादूगर को राजू की माँ के श्राप से मुक्त कराने का तरीका ढूंढ रहे थे।

तांत्रिक बिजली वाला गाते हुए बोलता है और गाँव वाले उसके सामने बैठे होते हैं।

तांत्रिक बिजली वाला:

करंट की यह विधि पुरानी,
मगर, कारगर, और भूतों पर भारी।
करंट की यह विधि पुरानी,
मगर, कारगर, और भूतों पर भारी......

कुंजी लाल: बिजली वाले बाबा, बौने जादूगर के भूत से बचने का कुछ उपाय बताइये।

सूत्रधार: तांत्रिक बिजली वाला अपने झोले से एक तार निकालता है।

तांत्रिक बिजली वाला:

चिंता को कर दे अनदेखा,
बाबा का यह करंट निराला,
भूतों को कर के वश में है,
बाबा ने अपने डब्बे में डाला.......

सूत्रधार: तांत्रिक बिजली वाला अपने झोले से एक बैटरी का डिब्बा निकालता है।

तांत्रिक बिजली वाला:

देखो, इस डिब्बे में कितने,
भूतों को मैंने पकड़ है, रखा,
बड़े विशाल थे, बड़े खूंखार वे,
पर बाबा के इस करंट के आगे,
नहीं है चलती, किसी की शक्ति।

कुंजी लाल: बाबा, लेकिन यह तो बताओ, आखिर उस बौने जादूगर को आप लाओगे कहाँ से। वो तो किसी को मिल ही नहीं रहा। पुलिस भी अब तक उसका कोई सुराग नहीं ढूंढ पाई है।

तांत्रिक बिजली वाला: (गुस्से से)

गर होता जो पुलिस का काम,
तो बाबा आते क्यों इस धाम,
मुझे दिखाओ बस वो आखिरी इंसान,

जिसने देखा जादूगर का काम।

कुंजी लाल: बाबा जी, वो तो अस्पताल में मुर्दा पड़ा हुआ है।

तांत्रिक बिजली वाला: (डमरू बजाता हुआ)

हो चाहे जिंदा, चाहे मुर्दा प्राणी,
करंट विधि है, सब पर भारी,
मुझे ले चलो, तुम अस्पताल ही,
मुर्दे भी बोलें, जब बाबा हैं भारी।

सूत्रधार: गाँव वाले सब मिलकर बाबा को अस्पताल ले जाते हैं। दूसरी ओर पुलिस मस्करे जादूगर के साथ जंगल का कोना-कोना छान रही होती है। तभी उन्हें एक कपड़ा मिलता है।

मस्करा जादूगर: ये तो वो ही कपड़ा है, जिस से मैं जादू कर रहा था।

सूत्रधार: मस्करा जादूगर सोचता है, कि कैसे उसने मोटे अंकल के पेट पर कपड़ा रखा था, और सब हँस रहे थे। तभी पुलिस का हवलदार उसकी पीठ पर धीरे से हाथ मारता है।

मस्करा जादूगर: (डर के) मुझे नहीं मारो, मैंने कुछ नहीं किया। मुझे मत मारो।

सूत्रधार: यह देख, पुलिस वाले हैरान हो जाते हैं। कहीं इसको बौने जादूगर ने टॉर्चर तो नहीं किया। शायद उसी से मस्करा जादूगर अपना होश खो बैठा हो। उस कपड़े के अलावा उनको कुछ नहीं मिलता। वह वापिस गाँव की तरफ निकल पड़ते हैं।

उधर अस्पताल में तांत्रिक डांस करते हुए राकेश की लाश से बात करता है।

तांत्रिक बिजली वाला:

होगे तुम बड़े शक्ति शाली,
पर इस करंट के आगे, किसी की ना चलती,
तुम उठोगे, तुम बोलोगे,
आखिर, बाबा हैं, सब भूतों पर भारी।

सूत्रधार: तांत्रिक बैटरी को चला कर तार से राकेश की लाश को करंट लगाता है। गाँव वाले यह देख हैरान हो जाते हैं।

तांत्रिक बिजली वाला:

उठ जा तू, बहुत सो लिया,
सवालों से तू बहुत बच लिया,
जादूगर ने तुझको मार दिया,
या तू पड़ा है, यूहीं अधमरा।

सूत्रधारः तांत्रिक जैसे ही दोबारा करंट लगाने के लिए तार आगे बढ़ाता है, राकेश उसका हाथ पकड़ लेता है। बाबा डर के चिल्लाता है। गाँव वाले डर जाते हैं। कुछ तो वहाँ से भाग जाते हैं, मगर कुछ हैरान हो मानो वहीं मूर्ति की तरह जम जाते हैं।

तांत्रिक बिजली वाला: मुझे छोड़ दो। भूत राजा, मैंने कुछ नहीं किया। मुझे तो यह गाँव वाले पकड़ कर लाए थे।

राकेश: तुम्हें कैसे छोड़ दूं..... तुम तो..

सूत्रधारः तांत्रिक राकेश की आंखों में कुछ देखता है और डर के सहम जाता है। इससे पहले कि कोई कुछ समझ पाता, राकेश तांत्रिक का हाथ उसके शरीर से बाहर निकाल देता है। और फिर उसके सिर पर जोर से सामने पड़ा एक लोहे का रॉड मारता है। उसका सिर दो टुकड़ों में फट जाता है और वो वहीं मर जाता है। राकेश भी उसको मारने के साथ ही गिर जाता है, मानो फिर मर गया हो। दोनों की लाशें ज़मीन पर पड़ी होती हैं।

सूत्रधारः पुलिस वाले उसी समय मस्करे जादूगर को राकेश की लाश के पास पहचान के लिए लाते हैं। गाँव वाले तो डरे ही हुए थे, यह मौत का दृश्य देख, पुलिस हवलदार भी डर जाता है।

तभी वहाँ एक नया इंस्पेक्टर आता है।

गाँव वाले: इंस्पेक्टर साहिब, अब आप ही हमें बचा सकते हैं। यह भूत तो खून की होली खेल रहा है। हमें बचा लीजिए, पता नहीं अब अगला कौन मरेगा।

सूत्रधारः क्या ये इंस्पेक्टर गाँव वालों को बौने जादूगर के भूत से बचा पाएगा, जानने के लिए पढ़िए अगला भाग, "*पुलिस और लाशों का ढेर*"।

4

पुलिस और लाशों का ढेर

<u>कलाकार</u>

1. सूत्रधार
2. इंस्पेक्टर शमशेर
3. हवलदार लाइसेंस
4. राजू की माँ
5. सरपंच
6. रोहन - सरपंच का बेटा

सूत्रधारः शमशेर सिंह, हाँ यही है वो नया पुलिस इंस्पेक्टर जिसको कमीशनर साहिब ने गाँव वालों को इस भूतिया तांडव से बचाने के लिए भेजा है। गाँव वाले इतना डरे हुए थे, कि कोई भी अकेला अपने घर से निकल नहीं रहा था। ऐसे में इंस्पेक्टर शमशेर की मुश्किलें और बढ़ गई

थी, आखिर वो शुरुआत करे, तो करे कहाँ से।

इंस्पेक्टर शमशेर और हवलदार लाइसेंस, पुलिस स्टेशन में बैठे बातचीत कर रहे होते हैं।

इंस्पेक्टर शमशेर: तुम्हें क्या लगता है लाइसेंस, इस गाँव में कौन है जो हमें कुछ बता पाएगा।

लाइसेंस: वैसे तो गाँव में सब डरे हुए हैं और कोई कुछ जानता भी नहीं है, मगर.. (थोड़ा बोलने से झिझकता है)

शमशेर: (जोश में) मगर क्या, मगर क्या लाइसेंस?

लाइसेंस: पता नहीं साहिब, बौना जादूगर तो राजू की मौत से दुखी था पर राजू की माँ ही एक ऐसी है जो शांत बैठी है। मैं गलत भी हो सकता हूँ पर कुछ तो है।

सूत्रधार: शमशेर खड़ा हो जाता है।

शमशेर: बहुत बढ़िया लाइसेंस, चलो अब देर मत करो, हमें राजू की माँ से मिलने जाना है।

लाइसेंस: साहिब, पूरी तरह सुबह तो होने दो, अभी तो पांच ही बजे हैं।

शमशेर: नहीं, अभी चलो।

सूत्रधार: दोनों पुलिस की जीप में बैठ निकल पड़ते हैं। शमशेर और लाइसेंस, राजू की माँ के घर पहुँचते हैं।

शमशेर: राम-राम माता जी आपके बेटे के हत्यारे को ढूंढने के लिए कुछ सवाल पूछने थे।

राजू कीमाँ: (चिल्लाते हुए) मुझे कुछ नहीं पता। मुझे अकेला छोड़ दो। चले जाओ यहाँ से।

लाइसेंस: ऐ बुढ़िया, जरा आराम से बात करो। इंस्पेक्टर साहब खुद आए हैं।

राजू की माँ: मुझे कुछ नहीं कहना। राजू की मौत का बदला वो खुद ले लेगा।

शमशेर: कौन ले लेगा बदला, माई।

राजू की माँ: (घबरा कर) अरे, कोई नहीं....अ...अ... ऊ... ऊपर वाला, और कौन।

सूत्रधारः वो दोनों वहाँ से निकल जाते हैं, मगर शमशेर को कुछ शक हो जाता है।

राजू की माँ का घर गाँव से बाहर की तरफ था और शमशेर का ध्यान उस घर के पीछे से जंगल की तरफ जाते हुए एक रास्ते पर पड़ता है।

लाइसेंसः साहिब, इस बुढ़िया से तो कुछ भी पता नहीं चला, अब क्या करें?

शमशेरः (मुस्कराते हुए) एक बात बता, लाइसेंस, तुम्हारा नाम लाइसेंस कैसे पड़ा?

लाइसेंसः (हँसते हुए) क्या साहब, आप भी मेरे मजे ले रहे हो।

शमशेरः अरे नहीं, यार, वाकई, बताओ तो?

लाइसेंसः कुछ नहीं साहब, मेरे पिता एक साहूकार के पास मजदूरी करते थे। उनके पास एक दारू की भट्टी थी, मगर लाइसेंस नहीं था।

शमशेरः (हँसते हुए) तो?

लाइसेंसः तो क्या साहिब, एक बार पुलिस उस साहूकार को लाइसेंस ना होने के लिए पकड़ने आई तो साहूकार ने अपने बदले रिश्वत दे कर, मेरे पिता को पकड़वा दिया। पिता जी, मेरी माँ के मरने का रोना सुना के और घर पर मेराख्याल रखने वाला कोई नहीं है बोल के, दरोगा को सेंटीमेंटल कर जेल से छूट आए। बस, तब से मेरा नाम लाइसेंस पड़ गया।

सूत्रधारः दोनों खूब हँसे। मगर अंदर से इंस्पेक्टर शमशेर मन ही मन कुछ प्लान बना रहा था। तभी उसके फोन की घंटी बजती है।

शमशेरः हैलो, कौन बोल रहा है?

सूत्रधारः फोन की दूसरी तरफ सेः (रोते हुए)

सरपंचः इंस्पेक्टर साहिब, मैं सरपंच बोल रहा हूँ। आप जल्दी से अस्पताल में आइए। बौने जादूगर के भूत ने मेरे बेटे को मार दिया।

सूत्रधारः शमशेर, लाइसेंस को जीप अस्पताल ले जाने के लिए कहता है। अस्पताल पहुँच कर।

सरपंचः देखिए इंस्पेक्टर साहिब, मेरे बेटे रोहन का क्या हाल बना दिया, जादूगर के भूत ने।

सूत्रधारः इंस्पेक्टर शमशेर, सरपंच के बेटे के पास जाने के लिए आगे बढ़ता है। हवलदार लाइसेंस उसे रोकता है।

लाइसेंसः साहिब, ज्यादा पास मत जाइए, बिजली वाले तांत्रिक को भूल गए क्या?

सूत्रधारः शमशेर फिर भी, उस लड़के के पास जाता है।

शमशेरः रोहन बेटा, क्या हुआ तुम्हें? तुम्हारा यह हाल किसने किया?

रोहनः (धीरे से) मैं और मेरे दोस्त, कल शाम शहर से गाँव आ रहे थे। जंगल के पीछे, छोटी पहाड़ी के पास अचानक हमारी बस खराब हो गई। हम दोस्तों ने सोचा, गाँव पास ही है, और हम पैदल ही जंगल के रास्ते से गाँव की तरफ निकल लिए।

रास्ते में अचानक बारिश शुरू हो गई। और पता नहीं कहाँ से एक तूफान सा आया और हम सब को हवा में उड़ा दिया। फिर एक आवाज आई और उसने हमें हमारे मालिक गोपी चंद जादूगर के बारे में कुछ बोला।

शमशेरः क्या बोला? रोहन, क्या बोला उसने? कौन था वो?

सूत्रधारः रोहन कुछ बोल नहीं पा रहा था, मानो उसके गले को किसी ने जकड़ रखा हो। उसने बड़ी हिम्मत से अपनी जेब की तरफ इशारा किया। इंस्पेक्टर शमशेर उसकी जेब से कुछ निकाल ही रहा था, कि अचानक, रोहन बुरे तरीके से हिलने लगा और उसकी आंखों की पुतलियाँ बाहर निकल आई। मरने से पहले उसने बस इतना कहा, मुझे माफ कर दो।

इंस्पेक्टर शमशेर को उसकी जेब से एक कार्ड मिलता है।

शमशेरः लाइसेंस, जल्दी जीप निकालो, हमें तुरंत जंगल जाना होगा।

सूत्रधारः जंगल में पहुँच कर, शमशेर हक्का-बक्का रह जाता है। उसके सामने पेड़ों से रोहन के छः दोस्त लटके हुए थे।

लाइसेंसः साहिब, बौने जादूगर ने तो लाशों का ढेर लगा दिया है। अब हम क्या करेंगे।

सूत्रधारः अपनी जेब से कार्ड निकालता है। वो कार्ड था, जादूगर गोपी चंद का।

शमशेरः जल्दी से इन लाशों को पोस्टमार्टम के लिए अस्पताल पहुँचाओ। हमें कहीं निकलना है।

सूत्रधारः इंस्पेक्टर शमशेर को कहाँ जाना था। कौन है ये जादूगर गोपी चंद। जानने के लिए पढ़िए अगला अध्याय, "*गोपी चंद की जादूगरी*"।

5

गोपी चंद की जादूगरी

<u>कलाकार</u>

1. सूत्रधार
2. इंस्पेक्टर शमशेर
3. हवलदार लाइसेंस
4. गोपी चंद
5. दर्शक

सूत्रधारः पिछले अध्याय में आपने पढ़ा कि कैसे सरपंच के बेटे रोहन और उसके दोस्तों का क़त्ल हो जाता है। मगर, मरने से पहले रोहन, गोपी चंद जादूगर का कार्ड इंस्पेक्टर शमशेर को देता है। क्या राज़ है इस कार्ड का और इससे गोपी चंद का क्या लेना-देना है? जानने के लिए पढ़िए आगे।

इंस्पेक्टर शमशेर सिंह और हवलदार लाइसेंस निकल जाते हैं शहर की ओर, मगर रास्ते में बर्फबारी शुरू हो जाती है। इसलिए उनको रास्ते में कुछ देर के लिए रुकना पड़ता है। वह एक चाय की दुकान पर रुक जाते हैं। इंस्पेक्टर शमशेर वहाँ से अपने दोस्त को फोन करता है और उसे गोपी चंद के शो की दो टिकट खरीदने को कहता है। धीरे-धीरे गाड़ी चला कर किसी तरीके से शाम के शो के शुरू होने तक वो वहाँ पहुँच जाते हैं। वहाँ पहुँच कर।

शमशेरः लाइसेंस तुम जा के आगे बैठो, मैं थोड़ी देर में आता हूँ।

लाइसेंसः अरे सर, कहाँ निकल लिए।

सूत्रधारः इंस्पेक्टर शमशेर उस थिएटर में कुछ ढूंढने जाता है। तभी मंच पर जादूगर गोपी चंद आता है। सभी दर्शक तालियाँ बजा कर उसका स्वागत करते हैं।

गोपीचंदः क्या बात है। आज मज़ा आएगा। इतनी बेहतरीन दर्शकों की भीड़। क्या बात है, तो फिर तैयार हैं आप सब, सम्मोहन से भरे इस जादुई खेल को देखने और इसमें शामिल होने के लिए।

दर्शकः (ज़ोर ज़ोर से चिल्लाते हैं) जी हाँ, जी हाँ।

गोपी चंदः हमेशा की तरह, आप में से किसी मेहरबान को मेरे पास आकर इस जादू का हिस्सा बनना होगा। आज कौन आना चाहेगा मंच पर ,अरे हाँ, वो काली जैकेट पहने हुए जेंटलमैन।

सूत्रधारः गोपी चंद अपने एक साथी को उपर बुलाना चाहता था, मगर, यह क्या? दर्शकों ने तो लाइसेंस की तरफ इशारा कर दिया। मरता क्या ना करता, लोगों के बोलने पर लाइसेंस को स्टेज पर जाना पड़ा। गोपी चंद भी अंजान था कि लाइसेंस कौन है। मगर कहते हैं, ना एक अच्छा जादूगर हमेशा तैयार रहता है।

गोपीचंदः आइए, साहेबान। यहाँ खड़े हो जाइए। आपका नाम क्या है?

लाइसेंसः लाइसेंस।

सूत्रधारः नाम सुनते ही सभी जोर जोर से हँसने लगते हैं।

गोपीचंदः (हँसते हुए) क्या आप मेरी इस उंगली को ध्यान से देखेंगे।

लाइसेंसः उसकी उंगली को देखता है।

सूत्रधार: जादूगर, उंगली को दाईं और बाईं ओर दो तीन बार घूमाता है। और अचानक, लाइसेंस अपना होश खो बैठता है। वो गिरने लगता है। तभी जादूगर के असिस्टेंट उसे पकड़ लेते हैं।

गोपी चंद: अब यह लाइसेंस भाईसाहब, मेरे कब्जे में हैं। क्यों लाइसेंस, तुम मेरी हर बात मानोगे?

लाइसेंस: जी जादूगर।

गोपी चंद: क्या हवा में उड़ के बताओगे?

लाइसेंस: जी जादूगर।

सूत्रधार: हवा में कुछ धुआं सा उड़ता है।

गोपी चंद: तो जाओ फिर इस हॉल में उड़ के दिखाओ।

सूत्रधार: लाइसेंस अचानक हवा में उड़ने लगता है। पूरे स्टेज पर हवा में दो चक्कर लगाता है। लोग देखते ही रह जाते हैं। कुछ तो घबरा जाते हैं। पर सभी तालियाँ बजा कर जादू का आनंद लेते हैं। तभी हवा में रुका हुआ लाइसेंस, नीचे सीधे खड़ी तलवार के ऊपर गिरता है। और तलवार उसके पेट में घुस जाती है। दर्शक डर जाते हैं। उस तलवार से ज़मीन पर खून गिरने लगता है।

गोपी चंद: तो देखा मेरे जादू का कमाल, घबराइए नहीं, क्या कहते हैं, अब इस आदमी को जिंदा कर दें?

दर्शक: (अभी भी डरे हुए) हाँ, जल्दी करो।

गोपी चंद:

अंडा खा के आदमी गया, अब डंडा खा के वापिस आ,

अंडा खा के आदमी गया, अब डंडा खा के वापिस आ।

सूत्रधार: गोपी चंद लाइसेंस को एक डंडा मारता है और यह क्या, लाइसेंस जाग गया। लाइसेंस, अपने आप को तलवार पर लटका देख घबरा जाता है। तभी जादूगर के लोग आते हैं, और लाइसेंस को तलवार से निकाल खड़ा करते हैं।

गोपी चंद: अरे वाह, लाइसेंस बाबू आप तो हवा में भी उड़ लेते हैं।

लाइसेंस: हवा में?

सूत्रधार: लाइसेंस को कुछ याद नहीं होता।

गोपी चंदः चलिए धन्यवाद, लाइसेंस जी, आप अपनी सीट पर जा सकते हैं। शुक्रिया, मदद के लिए।

गोपी चंदः चलिए मेहरबान, कद्रदान, अब मैं आप सब को अपने वश में कर के दिखाता हूँ। आपने ऐसा जादू कभी नहीं देखा होगा। आप सभी मेरी इस उंगली की तरफ ध्यान से देखें।

सूत्रधारः तब तक इंस्पेक्टर शमशेर भी अपनी सीट पर पहुँच जाता है।

लाइसेंसः आप कहाँ चले गए थे, सर। इस जादूगर ने मुझे हवा में उड़ा दिया और तलवार को मेरे पेट से निकाल दिया। और अब यह सब को अपने वश में कर रहा है। वो देखिए।

इंस्पेक्टर शमशेरः जल्दी ये काले चश्मे पहनो और जादूगर की तरफ मत देखना।

गोपी चंदः मेरी उंगली को ध्यान से देखें।

सूत्रधारः जादूगर तीन बार अपनी उंगली दाईं और बाईं ओर घूमाता है और यह क्या सभी दर्शक एक मूर्ति के समान बन गए।

गोपी चंदः अब आप सब ध्यान से सुनें। अब आप सब मेरे वश में हैं और जो मैं कहूँगा आप वैसा ही करेंगे। तो चलिए अपना, दायां हाथ उपर उठाइए।

सूत्रधारः सभी, अपना हाथ उठा लेते हैं।

गोपी चंदः आप सभी के बगल में भालू बैठा है। ध्यान से देखिए।

सूत्रधारः सभी अपने बाजू वाले को देखते हैं और पूरे दर्शक भालू की शक्ल के हो जाते हैं।

गोपी चंदः घबराइए मत।

सूत्रधारः गोपी चंद एक चुटकी बजाता है और सारे वापिस इंसान बन जाते हैं।

गोपी चंदः देखा मेरा कमाल।

सूत्रधारः दर्शक जोर जोर से तालियाँ बजाते हैं। कुछ तो सीटियाँ भी बजाते हैं।

लाइसेंसः सर, यह जादूगर तो बौना जादूगर से भी बहुत तेज़ है। सभी को अपने वश में कर रहा है।

शमशेर: चिंता मत करो। जब इसको पकड़ेंगे, तब इन सब की सच्चाई पता लगा लेंगे।

जादूगर: आइए, अब अगला जादू दिखाता हूँ। इस जादू का नाम है, जादुई हैंड पंप। कौन आएगा ऊपर स्टेज पर, कोई दो लोग आ जाएं।

सूत्रधार: तभी दो लोग जाने लगते हैं, लेकिन इंस्पेक्टर शमशेर, उनमें से एक को बिठा कर खुद चला जाता है।

गोपी चंद: अरे वाह, आइए स्वागत करें इनका, अब यह हैंडपंप बन के दिखाएंगे। आपके नाम?

शमशेर: शमशेर।

दूसरा आदमी: अजीत।

सूत्रधार: फिर उंगली का इशारा करता है, और दोनों को अपने वश में कर लेता है।

गोपी चंद: अजीत जी, अपना दाहिना हाथ अपने कान पर रखें और बायां हाथ अपने कंधे के बराबर उठा लें। और शमशेर जी, क्या आप अजीत के बाएं हाथ को हैंड पंप की तरह चलाएंगे?

सूत्रधार: जैसे ही शमशेर, अजीत का हाथ, पंप की तरह चलाता है। अजीत के मुंह से पानी निकलता है। और जादूगर का एक आदमी ग्लास में वो पानी भर लेता है। दर्शक जोर जोर से हँसने लगते हैं।

गोपी चंद: धन्यवाद शमशेर और अजीत जी। अब आप जा सकते हैं।

शमशेर: मैं नहीं, जाऊँगा। अब तुम चलोगे और वो भी जेल।

सूत्रधार: और शमशेर, गोपी चंद को हथकड़ी लगाता है।

गोपी चंद: (घबरा कर) कौन हैं आप?

शमशेर: बौना जादूगर याद है?

सूत्रधार: जादूगर, अपनी जेब से कुछ पाउडर निकाल के हवा में फेंकता है और पूरा स्टेज धुएं से भर जाता है।

शमशेर: तुम कहीं भाग नहीं पाओगे, गोपी चंद। मेरी हथकड़ी से छूट नहीं पाओगे।

सूत्रधार: धुआं, हटने के बाद शमशेर देखता है कि हथकड़ी में तो अजीत था और गोपी चंद वहाँ से भाग गया है। दर्शक जो अभी तक हैरान थे, अजीत को इंस्पेक्टर की हथकड़ी में देख, खूब हँसते हैं। उनको लगता

है, जैसे यह भी एक जादू का ही कोई हिस्सा है।

लाइसेंसः (स्टेज पर आकर) अरे, सर गोपी चंद तो भाग गया। अब क्या करें?

शमशेरः मुझे पता है, वो कहाँ गया होगा।

सूत्रधारः शमशेर, स्टेज के पीछे भाग कर जाता है। हॉल के पीछे से गोपी चंद भाग कर अपनी गाड़ी में बैठता है। मगर, शमशेर ने पहले से ही गाड़ी के टायर पंचर कर दिए थे। तभी पुलिस की दो गाड़ियां भी वहाँ पहुँच जाती हैं।

शमशेरः गोपी चंद, कोई फायदा नहीं है। तुम भाग नहीं पाओगे। चुप चाप खुद को मेरे हवाले कर दो।

गोपी चंदः (गाड़ी के अंदर से) मैने कुछ नहीं किया है इंस्पेक्टर, मुझे जाने दो। तुम मुझे कभी पकड़ नहीं पाओगे।

सूत्रधारः गोपी चंद, कार की छत से बाहर निकलता है और सभी पुलिस वालों को हिपनोटाइज करने की कोशिश करता है। मगर, सभी काले चश्में पहन लेते हैं और गोपी चंद का कोई जादू नहीं चलता। मजबूर हो कर, गोपी चंद सरेंडर कर देता है।

शमशेरः चलिए, जादूगर साहिब, बहुत भगा लिया। अब हत्याओं का सिलसिला बंद करो। आखिर तुमने रोहन को क्यों मारा?

गोपी चंदः (हैरानी से) रोहन, क्या रोहन भी मारा गया।

सूत्रधारः क्या वाकई गोपी चंद अपराधी है और इंस्पेक्टर शमशेर ने केस सॉल्व कर दिया? या कहानी अभी बाकी है। जानने के लिए पढ़िए, अगला अध्याय, '*गोपी चंद का जादुई खुलासा*'।

6

गोपी चंद का जादुई खुलासा

<u>*कलाकार*</u>

1. इंस्पेक्टर शमशेर
2. हवलदार लाइसेंस
3. गोपी चंद
4. लाइसेंस
5. अनजान आदमी

सूत्रधारः इंस्पेक्टर शमशेर ने गोपी चंद को गिरफ्तार तो कर लिया, मगर गोपी चंद रोहन की मौत से अंजान था। आखिर इन मौतों के पीछे है कौन? बौना जादूगर, गोपी चंद या कोई और? अब इसके बारे में तो अब खुद गोपी चंद ही बताएगा। आइए देखें, क्या इंस्पेक्टर शमशेर, गोपी चंद से सच निकलवा पाएगा?

इंस्पेक्टर शमशेर और गोपी चंद एक कमरे में है मगर गोपी चंद कुछ बता नहीं रहा।

इंस्पेक्टर शमशेरः तुम प्यार से बताओगे या फिर मैं डंडे का इस्तेमाल करूं?

गोपी चंदः मैंने कहा ना इंस्पेक्टर, मैं कुछ नहीं जानता। मेरे वकील को बुलाओ, जब तक वो नहीं आता, मैं कुछ नहीं बोलूंगा।

शमशेरः तुम ऐसे नहीं बताओगे। रुको अभी करता हूँ तुम्हें सीधा। फिल्म का सीन समझा है, जो यहाँ वकील साहिब आएंगे और तुम्हें छुड़ा ले जाएंगे।

सूत्रधारः इंस्पेक्टर शमशेर, गोपी चंद के कपड़े उतार उसे बर्फ की ठंडी सिल्ली पर लिटा देता है। बाहर बर्फ गिर रही थी और यहाँ गोपी चंद को कपड़े उतार कर नंगा इस सिल्ली पर लिटा दिया गया था।

गोपी चंदः उई, उई, उई... अम्मा... इंस्पेक्टर, मैं... अ... अ.. अ... मर जाऊंगा, मुझे छोड़ दो।

सूत्रधारः गोपी चंद हवा में उछलता है, और फिर सिल्ली पर गिर जाता है। ऐसा दो तीन बार होता है और हर बार गोपी चंद पिछली बार से ज्यादा ऊँचा चिल्लाता है।

गोपी चंदः उई, उई, उई... अम्मा... इंस्पेक्टर, मैं... अ... अ.. अ... मर जाऊंगा, मुझे छोड़ दो।

शमशेरः अब तो तुझे तेरी माँ ही याद आएगी। मैं भी देखता हूँ, तुम कैसे नहीं बोलते। यह डंडा देख रहे हो। इसने बड़े बड़े बदमाशों से बुलवा दिया तो तुम किस खेत की मूली हो। तुम्हारे तो फरिश्ते भी बोलेंगे।

सूत्रधारः गोपी चंद इस ठंड को बर्दाश्त नहीं कर पाता। मगर बोलने से भी डर रहा था। लेकिन जब उसने देखा कि इंस्पेक्टर शमशेर उसे नहीं छोड़ेगा और ना ही उसका वकील आया था, तो आखिर कार।

गोपी चंदः मैं बोलता हूँ, मुझे प्लीज इस बर्फ की सिल्ली से हटाओ। मैं मर जाऊंगा।

शमशेरः अपने मरने की बहुत फिकर है, तुम्हें। उन मासूम बच्चों ने तेरा क्या बिगाड़ा था, जो उन्हें मार दिया?

सूत्रधारः कपड़े पहनाकर, इंस्पेक्टर शमशेर, गोपी चंद से पूछता है?

इंस्पेक्टर शमशेर: अब शुरू से सब बताओ।

गोपी चंद: इंस्पेक्टर साहिब मैंने किसी को नहीं मारा, मैं तो सिर्फ बौना जादूगर को अपने रास्ते से हटाना चाहता था।

शमशेर: क्यों उसने तुम्हारा क्या बिगाड़ा था?

गोपी चंद: दरअसल, बौना जादूगर मेरा असिस्टेंट था। बचपन से मेरे साथ रहा और मुझ से सारी ट्रिक सिखी। लेकिन एक दिन अचानक उसने कहा कि अब वो मेरे साथ काम नहीं करेगा। उसको अपना शो करना था। मैंने उसे समझाया कि वो मेरे साथ रहकर भी तो नाम कमा सकता है। मगर, वो नहीं माना और चला गया। मैंने पहले तो सोचा कि मैं उसे माफ कर दूँगा, लेकिन जब उसके शो की बातें हर तरफ होने लगी, तो मैं रह ना सका। मैंने अपने एक दूसरे असिस्टेंट, महेंद्र गुप्ता जिसको हम प्यार से प्रोफेसर कहते हैं, उसे बौने जादूगर को रास्ते से हटाने को कहा।

शमशेर: मतलब, उसे मारने के लिए कहा? उसका मतलब कानून की नज़र में कत्ल ही होता है। और सज़ा भी फांसी या उम्र कैद ही होती है।

गोपी चंद: नही इंस्पेक्टर, मैंने उसे मारने के लिए.. नहीं, उसे बस जादू की दुनिया से हटाने को कहा था। उसके शो में कुछ गड़बड़ कर के उसके शो को विफल करना था। इसलिए इस प्लान में बौना जादूगर के साथी राकेश को भी शामिल किया था हमने।

शमशेर: ओह! तो इसलिए बौना जादूगर ने राकेश को मारा। मगर ये बताओ, फिर राजू कैसे मरा?

गोपी चंद: मैंने उसे नहीं मारा, प्लान तो सिर्फ उसे गायब करने का था और इल्जाम बौना जादूगर पर लगवा के उसे पुलिस से गिरफ्तार करवाने का था। लेकिन...

शमशेर: लेकिन क्या?

गोपी चंद: लेकिन प्रोफेसर ने सारा खेल बिगाड़ दिया। राजू को प्लान का हिस्सा बनाने के लिए मैंने उसे दस हजार रुपए दिए। लेकिन राजू की माँ ने उस से और पैसे की मांग की थी।

शमशेर: इसका मतलब, मेरा शक सही था। वो बुढ़िया भी इस प्लान का हिस्सा थी। इसी लिए उस दिन कुछ बता नहीं रही थी।

गोपी चंदः इंस्पेक्टर साहिब, यहीं तो सारी गड़बड़ हुई। प्रोफेसर की राजू से उस रात के शो से पहले लड़ाई हुई। और इसलिए, नीचे से फट्टा खोल के राजू को भगाने की बजाए उसे प्रोफेसर ने मरवा दिया।

शमशेरः वो प्रोफेसर अब कहाँ है?

गोपी चंदः मुझे नहीं पता। उस हादसे के बाद वो हर हफ्ते मुझसे पैसे लेने आता है। पुलिस को सब बता दूँगा बोल के, मुझे ब्लैकमेल कर रहा है। आज शाम को वैसे वो आएगा मेरे घर पर पैसे लेने। अगर उसे मेरी गिरफ्तारी का पता ना लगा तो...

शमशेरः पता नहीं लगेगा। तुम्हारे लोग, अभी-अभी पुलिस थाने में शिक़ायत लिखवाने आए थे, तुम्हारे गुमशुदा होने की।

सूत्रधारः शमशेर, गोपी चंद को यह फोन पे मैसेज पढ़ के बताता है।

शमशेरः मगर फिर रोहन और उसके दोस्तों को क्यों मारा?

गोपी चंदः मैंने नहीं मारा।

शमशेरः तुम इसके बारे में क्या जानते हो।

गोपी चंदः बस इतना ही कि रोहन और उसके कॉलेज के कुछ दोस्त, मेरे पास जादू सीखने के लिए आए और क्योंकि मुझे असिस्टेंट की जरूरत पड़ती रहती है, तो मैंने उन्हें काम पर रख लिया।

शमशेरः कब से हैं वो तुम्हारे साथ।

गोपी चंदः बौने जादूगर के शो में राजू की मौत के तकरीबन एक हफ्ते बाद से।

शमशेरः क्या तुम्हें पता था कि वो राजू के गाँव से है?

गोपी चंदः नहीं, मैंने कभी पूछा नहीं। सिर्फ उनके कॉलेज का ही पता है मुझे। बल्कि उसकी मौत का भी मुझे आप ही से पता चला।

शमशेरः सिर्फ रोहन नहीं, उसके साथ उसके छः दोस्त भी मारे गए। लाशों का ढेर लग गया है। तुम्हें क्या लगता है, इन सब के पीछे क्या प्रोफेसर ही होगा?

गोपी चंदः कुछ कह नहीं सकता, लेकिन प्रोफेसर तो पिछले हफ्ते मलेशिया घूमने गया था, तो रोहन को कैसे मार सकता है।

शमशेरः तुम्हें कैसे पता, कि वो मलेशिया गया है?

गोपी चंद: उसने मुझे टिकट दिखाई थी और घूमने के लिए एक्स्ट्रा पैसे भी मांगे थे।

शमशेर: और तुमने दे दिए?

गोपी चंद: मरता क्या ना करता। इंस्पेक्टर, मैं अगले महीने अमेरिका में शो करने जाने वाला था। वर्ल्ड मैजिकल कंपीटीशन में हिस्सा लेने के लिए। ऐसा अवसर मुझे दोबारा नहीं मिलता। इसलिए डर रहा था।

शमशेर: वो कितने बजे आएगा?

गोपी चंद: आठ बजे।

शमशेर: अभी पाँच बजे हैं। हमें निकलना होगा। याद रहे अगर कोई चालाकी की तो बाद में पछताओगे। मैं तुम्हारे बारे में सब जानता हूँ।

गोपी चंद: मैं... कोई धोखा नहीं दूँगा इंस्पेक्टर। मैं तो खुद इस प्रोफेसर से बचना चाहता हूँ। बस आप उसे पकड़ लेना।

सूत्रधार: शमशेर और गोपी चंद निकल पड़ते हैं, गोपी चंद के घर की तरफ। रास्ते में, रेड लाइट पर जब गाड़ी रुकती है, तो शमशेर अचानक बहुत गुस्से में आ जाता है। दरअसल, उसने एक औरत को सड़क पार करते देख लिया था। शमशेर, लाइसेंस को गाड़ी उस औरत के पीछे ले जाने को कहता है। वह औरत सामने एक दुकान में जाती है। शमशेर, केस के बारे में सब भूल कर गाड़ी से उतर कर, उसके पीछे जाता है और वो क्या देखता है, वह औरत किसी आदमी से बड़ी खुश हो के मिल रही होती है और उस आदमी के साथ आए बच्चे को अपनी गोद में उठा लेती है और फिर वो वहाँ से चले जाते हैं।

शमशेर, गुस्से में सामने की एक शराब की दुकान से शराब खरीद कर गाड़ी में बैठता है, और पीने लगता है।

लाइसेंस: शमशेर सर, यह क्या? ड्यूटी पर ही पी रहे हैं। वो कौन थे?

शमशेर: (गुस्से में) चुप रहो, हर बात बताना जरूरी नहीं है। चलाओ गाड़ी।

सूत्रधार: थोड़ी देर में, वह गोपी चंद के घर पहुँच जाते हैं और प्रोफेसर का इंतजार करते हैं। मगर शमशेर, लगातार पिए जा रहा था।

लाइसेंस: सर, सारी तरफ लोग लगा दिया हैं। वो बच के नहीं निकल पाएगा।

सूत्रधार: ठीक आठ बजे प्रोफेसर आता है। जैसे ही वो घर के अंदर घुसता है। शमशेर उसको पकड़ लेता है। लेकिन इंस्पेक्टर शमशेर के नशे में होने की वजह से प्रोफेसर, शमशेर से छूट जाता है। और वो पीछे के गेट से भागने की कोशिश करता है, जहाँ लाइसेंस छिपा होता है।

लाइसेंस: प्रोफेसर, रुक जाओ, वरना मैं गोली चला दूँगा।

सूत्रधार: वो नहीं रुकता, और लाइसेंस उस पर गोली चलाता है। लाइसेंस उसका पीछा करता है, मगर, अंधेरे की वजह से प्रोफेसर भागने में कामयाब हो जाता है।

लाइसेंस: सर, वो भाग गया लेकिन, यह देखिए, गेट पर खून के निशान हैं। शायद उसे गोली लगी है। ज्यादा दूर नहीं जा पाएगा।

शमशेर: कोई बात नहीं, पकड़ लेंगे उसे। गोपी चंद, अब यह बताओ, तुम्हारे ग्रुप में कौन कौन प्रोफेसर को अच्छी तरह जानता है और उसके घर का पता क्या है?

सूत्रधार: शमशेर का फोन बजता है और वो फोन उठाता है।

शमशेर: कौन है? फोन के दूसरी तरफ से: भूत, हा... हा... हा।

सूत्रधार: क्या वाकई कोई भूत है, या प्रोफेसर ने फोन किया। आखिर कौन है यह भूत? इंस्पेक्टर शमशेर जो अभी भी नशे में है, क्या कर पाएगा यह केस सॉल्व? या मौत का तांडव ऐसे ही चलता रहेगा।

जानने के लिए पढ़िए अगला अध्याय, "*खून का शौकीन*"।

7

खून का शौकीन

कलाकार

1. इंस्पेक्टर शमशेर
2. हवलदार लाइसेंस
3. गोपी चंद जादूगर
4. महेश (गोपी चंद का कर्मचारी)
5. प्रोफेसर
6. इंस्पेक्टररतना दास (मॉडल टाउन चौकी की एसएचओ)

सूत्रधार: पिछले अध्याय में आपने देखा कैसे गोपी चंद बर्फ की सिल्ली पर लेटते ही सच बोलना शुरू कर देता है। लेकिन इंस्पेक्टर शमशेर के नशे में होने की वजह से प्रोफेसर उसके हाथों से छूट जाता है। क्या इंस्पेक्टर शमशेर अब कभी प्रोफेसर को पकड़ पाएगा या अपनी निजी जिन्दगी की उलझनों में फँस कर रह जाएगा। चलो देखते हैं, आगे इस कहानी में आखिर क्या होता है।

शमशेर, गोपी चंद के घर के बाहर चेयर पर बैठा शराब पिता हुआ अपनी पिछली ज़िन्दगी के बारे में सोच रहा था। बाहर बहुत तेज़ हवाओं के साथ बर्फ पड़ रही होती है। लाइसेंस उसे रोकने की कोशिश करता है।

हवलदार लाइसेंसः शमशेर सर, अब बस भी करें। चलो अंदर चलते हैं। यहाँ आप बीमार मत पड़ जाना। आखिर मुझे आप बताएंगे कि आखिर उस औरत से रिश्ता क्या है आपका?

शमशेरः वो मेरी बीवी है। और वो बच्चा भी मेरा है। लेकिन वह मुझे छोड़ कर चली गई।

लाइसेंसः लेकिन क्यों चली गई, आप तो इतने अच्छे इंसान है। कोई दूसरा आदमी है क्या उनकी लाइफ में?

सूत्रधारः शमशेर, लाइसेंस का गला पकड़ लेता है।

शमशेरः नहीं, वो बहुत अच्छी औरत है।

लाइसेंसः अरे सर, गला तो छोड़ो, मारोगे क्या?

शमशेरः मेरी पुलिस की नौकरी की वजह से वो मुझे छोड़ गई। मैं हमेशा काम में व्यस्त रहता था। कभी घर पर ध्यान नहीं दे पाया। इसलिए वो मुझे छोड़ गई। मगर, अब में पुलिस की नौकरी छोड़ दूँगा इस दारू की वजह से मेरा करियर भी खत्म हो गया है। मैंने सोचा था, अब मैं खुद को सुधार लूंगा। लेकिन जब आज उसको देखा तो मैं रह नहीं पाया। वो मेरे बच्चे को भी ले गई।

सूत्रधारः यह सब सोच कर, शमशेर की आंखों में आँसू आ जाते हैं।

लाइसेंसः सर, अब तक आपने बहुत से केस सॉल्व किए हैं। यह आखरी केस सॉल्व करके आप इज्जत के साथ पुलिस की नौकरी छोड़ देना।

शमशेरः (हँसते हुए) लाइसेंस, वाकई में तेरा नाम सही रखा गया है। सभी प्रॉब्लम से निकलने का लाइसेंस है तेरे पास

सूत्रधारः दोनो खूब हँसते हैं।

शमशेरः चलो पहले गोपी चंद से कुछ और पता करते हैं।

सूत्रधारः शमशेर और लाइसेंस घर के अंदर जाते हैं।

शमशेरः (हँसते और गाते हुए) गोपी चंद,

आओ तुझे चाँद मे ले जाएं, दर्द भरी मार से सजाएँ,

आओ तुझे चाँद पे ले जाएं, दर्द भरी मार से सजाएँ।

गोपी चंद: नहीं, मुझे मारना नहीं, इंस्पेक्टर साहिब। मैंने आपको सब तो बता दिया।

शमशेर: अभी ये बताओ कि तुम्हारे ग्रुप में सब से ज्यादा कौन प्रोफेसर के करीब है, या फिर उससे सबसे ज्यादा नफरत में करता है।

गोपी चंद: ऐ... सा... तो केवल महेश ही है। वो पहले उसका दोस्त था, लेकिन कुछ सालों से उनकी बहुत लड़ाई हो रही है।

शमशेर: ये हुई ना बात। बुलाओ उस महेश को यहाँ।

गोपी चंद: यहाँ?

शमशेर: (गुस्से से) अबे बेहरा है क्या, दूं क्या कान के नीचे, फिर बुलाएगा क्या?

सूत्रधार: गोपी चंद महेश को फोन करता है और महेश को अपने घर आने को कहता है। कुछ देर बाद महेश गोपी चंद के घर पहुँचता है।

शमशेर: आओ, महेश आओ।

महेश: पुलिस, यहाँ। आप ठीक तो है ना गोपी सर।

शमशेर: (हँसते हुए) अरे ओ धर्मात्मा जी। वो तो ठीक हैं, मगर तुम कितना ठीक रहोगे, ये तुम पर निर्भर करता है।

महेश: आप क्या जानना चाहते हैं, इंस्पेक्टर साहब।

शमशेर: प्रोफेसर की हिस्ट्री, ज्योग्राफी, हिंदी, संस्कृत, सब बताओ।

महेश: मैं सब बताता हूँ, इंस्पेक्टर साहब। मैंने जब गोपी सर को जॉइन किया, तब प्रोफेसर वहाँ पहले से ही काम करता था। उसने मेरी जादू सीखने और इस शहर में सैटल होने में बहुत मदद की। हम हमेशा साथ रहते थे। वो बहुत खुश दिल स्वभाव का था, हमेशा सबसे मजाक करता रहता था। लेकिन...

शमशेर: (जोश में) लेकिन क्या?

महेश: कुछ साल पहले, वो छुट्टियाँ मनाने कुल्लू मनाली गया था। वहाँ से आने के बाद से वो चुप चाप रहने लगा। मेरे साथ भी कम रहता था। एक दिन वो बीमार था तो मैं उसके घर उससे मिलने गया। वो कमरे में लेटा हुआ था। उसको पानी चाहिए था, तो मैं किचन में पानी लेने गया। पानी लेकर जब में आ रहा था, तब मैंने देखा कि एक कमरे से कुछ

धुआं बाहर आ रहा था। मैंने वो कमरा खोला तो मैं डर गया।

शमशेर: उस कमरे में क्या दिखा तुम्हें?

महेश: काले जादू का सामान। वहाँ बहुत सी काली माता की मूर्तियां पड़ी थी और कमरे के बीच हवन की सामग्री थी। मैंने प्रोफेसर से उसके बारे में पूछा तो उसने इतना ही कहा, कि वह सब कुछ नहीं है और वह तो बस कुछ नए जादू का सेट-अप बना रहा है। मैंने पहले कभी ये सब नहीं देखा था, तो मैं उसकी बात मान गया।

शमशेर: तुमने कभी दोबारा ये सब होते देखा। क्या तुम्हें यकीन है, की वो कुल्लू मनाली ही गया था?

महेश: उसने तो यही कहा था कि वो कुल्लू मनाली जा रहा है। मगर तीन साल पहले, मॉडल टाउन पुलिस ने प्रोफेसर को पूछताछ के लिए पुलिस स्टेशन बुलाया था। कोई तांत्रिक था, जिसको पुलिस ने पकड़ा था, और उस तांत्रिक ने प्रोफेसर का नाम लिया था। मगर मुझे उसके बारे में कुछ डिटेल में नहीं पता।

शमशेर: क्या पुलिस ने प्रोफेसर को गिरफ्तार किया था?

महेश: नहीं, क्योंकि वो तांत्रिक जेल से उसी रात गायब हो गया और कोई सबूत ना होने की वजह से प्रोफेसर को छोड़ दिया गया। मगर, उस के बाद से वो कुछ बदल सा गया। पिछले एक साल से तो वो हमारे साथ काम भी नहीं कर रहा। क्यों, गोपी सर?

गोपी चंद: (घबराते हुए) हाँ... हाँ... बिल्कुल।

शमशेर: लाइसेंस, चलो मॉडल टाउन पुलिस स्टेशन जाना है। और तुम दोनों, चलो मेरे साथ।

सूत्रधार: मॉडल टाउन पुलिस स्टेशन पहुँच कर।

शमशेर: अरे रतना, तुम यहाँ?

इंस्पेक्टररतना: जी सर, पिछले तीन साल से यहाँ की एसएचओ हूँ। और आप यहाँ कैसे?

शमशेर: रतना, एक केस था, तीन साल पहले कोई तांत्रिक था जिसे तुमने पकड़ा था। जो जेल से भागा...

इंस्पेक्टररतना: (बात बीच में काटते हुए) अरे सर, उसी केस की वजह से तो यहाँ फँसी हूँ। प्रमोशन भी रोक रखा है डिपार्टमेंट ने। वो

कमिना तांत्रिक खुजली वाला, जेल से जैसे गायब ही हो गया।

शमशेर: तुमने एक प्रोफेसर नाम के आदमी को भी पकड़ा था, इस गोपी चंद जादूगर के ग्रुप से? उसके बारे में कुछ बताओ?

इंस्पेक्टर रतना: मुझे तो पूरा यकीन था, कि वो दोनों मिले हुए थे। लेकिन जिस दिन प्रोफेसर को बुलाया उसी दिन तांत्रिक भाग गया, और प्रोफेसर को सबूत ना होने की वजह से छोड़ना पड़ा। आज भी याद है मुझे, वो दोनों एक दूसरे को बड़ी ही अजीब तरीके से मुस्कुराते हुए देख रहे थे। जैसे मन ही मन दोनों भागने का प्लान बना रहे हों।

शमशेर: तुमने प्रोफेसर का पीछा नहीं किया?

इंस्पेक्टर रतना: किया सर, तकरीबन छः महीने तक, मगर वो दोनों कभी मिले ही नहीं।

शमशेर: तुमने उस तांत्रिक को पकड़ा क्यों था?

इंस्पेक्टर रतना: बहुत कमीना था वो, उसने एक पूरे परिवार को अपने जाल में फँसा कर मार दिया।

बड़ी भयानक रात थी वो। जब पुलिस की टीम वहाँ पहुँची, उस वक्त वो तांत्रिक इंसानी खून पी रहा था। देख कर ही अजीब सा लग रहा था। आज भी उस तांत्रिक की याद आती है तो रूह काँप जाती है।

वो तांत्रिक जंगल में उस परिवार के खून से काली माता को पूजा का भोग लगा रहा था। जब उसको पकड़ा, तो उस समय वह उस परिवार के एक आदमी, औरत और उनके लड़के का खून निकाल कर पी रहा था।

पुलिस स्टेशन में ला कर उसे उल्टा लटका डंडों से तीन दिन तक मारा मगर वो कुछ ना बोला।

फिर तीन दिन बाद खुद ही मुझे बुला कर उसने बताया कि किसी सिद्धि को पाने के लिए उसने यह सब किया। इससे पहले वो पंद्रह मर्डर कर चुका था। जैसे की उसको खून पीने की आदत लग गई हो।

शायद, इस काम में उसका साथ देता था प्रोफेसर।

सूत्रधार: तभी वहाँ किसी का फोन बजता है।

शमशेर: किसका फोन है? उठाओ।

सूत्रधार: लाइसेंस, चुप चाप खड़ा, दूसरों की तरफ देख रहा होता है, की किसका फोन बज रहा है।

शमशेर: (प्यार से पुकारते हुए) लाइसेंस, क्या कर रहे हो?

लाइसेंस: सर देख रहा हूँ, किसका फोन बज रहा है?

शमशेर: अबे बेवकूफ़, तुम्हारा ही फोन बज रहा है। उठाओ उसे।

(हड़बड़ा कर फोन उठाता है।)

लाइसेंस: क.. क... कौन?

सूत्रधार: दूसरी तरफ से बात सुनते हुए वो मुस्कुराता है और फिर बोलता है।

लाइसेंस: शमशेर सर, प्रोफेसर का फोन ट्रैक हुआ है, उसने नंगी टेकरी के पास, दो मिनट के लिए फोन चलाया था।

शमशेर: चलो अभी निकलना होगा। रतना लगता है, तुम्हारी प्रमोशन का टाइम आ रहा है।

सूत्रधार: शमशेर, जेब से दारू की फ्लास्क निकालता है और पीने लगता है। और वो सब नंगी टेकरी की तरफ निकल पड़ते हैं।

क्या पकड़ पाएंगे प्रोफेसर को या वो नशे में धुत इंस्पेक्टर शमशेर को एक बार फिर दे जाएगा चकमा। जानने के लिए पढ़िए अगला अध्याय, "*प्रोफेसर और तांत्रिक की लक्ष्मण रेखा*"।

8

प्रोफेसर और तांत्रिक की लक्ष्मण रेखा

<u>कलाकार</u>

1. इंस्पेक्टर शमशेर
2. हवलदार लाइसेंस
3. इंस्पेक्टर रतना
4. तांत्रिक खुजली वाला
5. प्रोफेसर
6. गोपी चंद जादूगर
7. गार्ड 1
8. गार्ड 2

सूत्रधार: अब तक आपने देखा कैसे प्रोफेसर इंस्पेक्टर शमशेर को धोखा दे कर भाग जाता है। इंस्पेक्टर रतना प्रोफेसर और तांत्रिक खुजली वाले के बारे में बताती है। प्रोफेसर के फोन की लोकेशन पर पुलिस की टीम निकल पड़ती है नंगी टेकरी की ओर।

सूत्रधारः इंस्पेक्टर शमशेर और बाकी सब उस लोकेशन पर पहुँचते हैं।

इंस्पेक्टर रतना: शमशेर सर, यहाँ तो बहुत बर्फ बारी हो रही है, ऊपर से यह रात का अंधेरा। कहाँ ढूंढेंगे उन्हें?

शमशेर: वो देखो, पहाड़ी के उपर उस मकान के बाहर किसी ने आग जला रखी है। वहीं से शुरू करते हैं।

सूत्रधारः वह सभी उस मकान की तरफ जाते हैं। इंस्पेक्टर शमशेर रतना को एक पार्टी के साथ पीछे से जाने को कहता है। साथ ही लाइसेंस को जंगल की ओर से भेजता है और खुद मेन गेट की तरफ जाता है। पर जैसे ही हवलदार लाइसेंस की पार्टी जंगल की ओर से मकान के पास पहुँचती है, तभी एक धमाका होता है, और एक सिपाही की टांग माइन से उड़ जाती है। वह वहीं गिर जाता है। गेट पर बैठे दो गार्ड जो आग जला कर बैठे हुए थे, अलर्ट हो जाते हैं। शमशेर धीरे-धीरे पेड़ों के पीछे से उनके पास जाने लगता है। तभी...

गार्ड 1: अरे क्या अंदर बता दूँ, लक्ष्मण रेखा पर ब्लास्ट हुआ है।

गार्ड 2: रहने दे यार, कल भी ब्लास्ट की वजह से सारी रात, ढूंढते रहे, और मिला क्या, एक बिल्ली का बच्चा। फिर सारी रात खराब कर देंगे तांत्रिक बाबा।

शमशेर: (वॉकी-टॉकी पर) ध्यान से बढ़ो सब, यहीं रहता है तांत्रिक, यहाँ चारों तरफ माइन्स बिछी हुई हैं। धीरे से आगे बढ़ो।

इंस्पेक्टररतना: (वॉकी - टॉकी पर) सर, मैं यहाँ पिछली दीवार तक पहुँच गई हूँ।

लाइसेंस: (वॉकी-टॉकी पर) मैं भी पहुँच गया हूँ, सर।

शमशेर: चलो, मैं गेट के गार्ड को संभालता हूँ, तुम लोग भी ध्यान से अंदर की ओर बढ़ो।

सूत्रधारः तीनों अंदर घुसते हैं। शमशेर गार्ड को पकड़ लेता है। उधर रतना को भी एक गार्ड मिलता है, जिसे वो चाकू से मार गिरा देती है। लाइसेंस को कोई नहीं मिलता और वो सीधा बिल्डिंग के पास पहुँच जाता है।

शमशेर: (गार्ड से) अंदर कौन-कौन है?

गार्ड 2: (पुलिस से डर जाता है) सर, हमने कुछ नहीं किया। हम तो कभी अंदर भी नहीं गए।

सूत्रधारः शमशेर, पिस्टल के बट से, गार्ड नंबर1 को मारता है।

शमशेर: बताएगा या, दोनों को यहीं ढेर कर दूँ।

गार्ड 2: (डर के) साहिब... बता... ता हूँ। अंदर तांत्रिक और प्रोफेसर दोनों हैं। पता नहीं क्यों पर आज दोनों खुश से थे। लगता है आज की रात तांत्रिक को सिद्धि मिल जाएगी। आज दो लाशें और लाएं हैं।

शमशेर: दो लाशें और, अब तक कितनी लाशें आ चुकी हैं यहाँ।

गार्ड 2: साहब हर पंद्रह दिन में दो/तीन तो आती ही है। पिछले एक साल से यह सब चल रहा है।

सूत्रधारः शमशेर अंदर की तरफ जाता है। लेकिन घर के अंदर से फायर शुरू हो जाता है। तीनों पुलिस की टीमें जवाबी फायर करती हैं। किसी तरीके से शमशेर और रतना की टीम घर के अंदर घुसती है। कुछ और गाड्र्स को मारने के बाद, वो दोनों एक कमरे में पहुँचते हैं। शायद यहीं थे प्रोफेसर और तांत्रिक, अंदर से पूजा करने की आवाज़ आ रही होती है। जैसे ही शमशेर दरवाज़े को खोलने के लिए उसे हाथ लगाता है, उसे बिजली का झटका लगता है, और वो दूर जा कर गिरता है।

रतना: (एक पुलिस वाले से) अली जाओ, उस जादूगर गोपी चंद को गेट से लेकर आओ।

सूत्रधार: गोपी चंद वहाँ आता है।

रतना: इस दरवाजे पर बिजली का करंट है, लेकिन कोई तार नज़र नहीं आ रही। क्या करें, तुम्हारे कुछ जादू जैसा तो नहीं?

गोपी चंद: आप सब पीछे हटिए। मैं कुछ करता हूँ।

सूत्रधार: गोपी चंद, कुछ मंत्र पढ़ता है और दरवाजा खुल जाता है। शमशेर और रतना जल्दी से अन्दर घुसते हैं। और यह क्या, तांत्रिक और प्रोफेसर हवा में बैठे होते हैं और लगातार मंत्र पड़ रहे होते हैं। दोनों के हाथ खून से भरे होते हैं, और खून नीचे रखी काली माता की मूर्ति के उपर गिर रहा होता है।

शमशेर: वो रही लाशें, जिनसे खून निकाला है इन्होंने।

सूत्रधारः शमशेर प्रोफेसर पर गोली चलाता है। मगर गोली उस को लगने की बजाए, हवा में ही मुड़ के दीवार पर लगती है। रतना भी तांत्रिक पर गोली चलाती है, मगर उसकी गोली भी हवा में रास्ता बदल दूसरी तरफ चली जाती है। सारे पुलिस वाले एक साथ फायर करते हैं, मगर सब की गोलियाँ दूसरी तरफ चली जाती है।

प्रोफेसरः (आंखें खोलता है, और जोर से हँसता है।) हा, हा, हा... इंस्पेक्टर अभी भी समय है, यहाँ से भाग जा, वरना यदि तांत्रिक खुजली वाले की पूजा सम्पूर्ण होने तक तुम यहाँ रहे, तो सबको भस्म कर देंगे। सिद्धि से तांत्रिक खुजली वाले बाबा और मैं सर्व शक्तिमान बन जायेंगे और दुनिया में कोई हमें हरा नहीं पाएगा। जादू की असीम ताकतें हम दोनों को मिल जाएंगी।

शमशेरः (गुस्से से) अबे चुप, आज तुम दोनों को पकड़ कर इतनी पिटाई करूंगा कि सपने में भी जादू का नाम लेते हुए खुजली करते नजर आओगे।

गोपी चंदः (धीरे से रतना के कान में कहता है) मैडम, यहाँ बुलेट प्रूफ शीशे लगें हैं। यह देखो।

सूत्रधारः इंस्पेक्टर रतना धीरे धीरे आगे बढ़ती है और उन शीशों के पास पहुँचकर उनके बीच के बने गैप से शीशों के पार निकल तांत्रिक के सर पर गोली चलाती है। मगर, तांत्रिक का सर उसके धड़ से अलग हो कर हवा में उड़ने लगता है। यह देख सभी दंग रह जाते हैं।

शमशेरः गोपी चंद, यह भी कोई जादू है, बताओ यह ट्रिक क्या है।

गोपी चंदः सर, वो लोग यहाँ दिख तो रहे हैं लेकिन वो यहाँ है नहीं। किसी प्रोजेक्टर से यह हमें यहाँ दिखा रहे हैं। प्रोजेक्टर ढूंढना होगा।

सूत्रधारः शमशेर को कोई प्रोजेक्टर नहीं दिखता है। वो दीवार पर लगी हर चीज पर गोली चलाता है और किस्मत से एक शेर के मुंह जैसी एक मूर्ति टूट जाती हैं और उसके अंदर पड़ा थ्री डी प्रोजेक्टर टूट जाता है। तांत्रिक और प्रोफेसर दोनों गायब हो जाते हैं। मगर अब सवाल था कि वो दोनों है कहाँ?

इंस्पेक्टर रतनाः (दीवारों पर पिस्टल मार के आवाज़ सुनने की कोशिश करती है) सर, यह देखो यहाँ कोई दीवार नहीं है। (जोर से लात

मारती है, और लकड़ी की बनी दीवार टूट जाती है।

शमशेर: वो रहे यह दोनों। पकड़ लो इनको।

सूत्रधारः दोनों एक खुफिया दरवाजे से भागने की कोशिश करते हैं मगर ठीक उसी वक्त पर लाइसेंस वहाँ आ जाता है।

लाइसेंसः कहाँ चले, बहुत भगाया तुमने अब तुम दोनों की थाने में बहुत खातिर दारी करूंगा। दोनों पकड़े जाते हैं। शमशेर, प्रोफेसर को पूछता है।

शमशेर: रोहन को क्यों मारा तुमने?

प्रोफेसर: क्या करता उसे मेरा राज़ पता लग गया था और वो गाँव वालों को सब बताने जा रहा था। ऊपर से तांत्रिक बाबा को और खून की जरूरत थी।

शमशेर: खून की जरूरत थी तो सबको मार दोगे। (जोर से एक डंडा उठा कर उसे मारता है।) अब यह बताओ, तांत्रिक बिजली वाले को क्यों मारा।

प्रोफेसर: उसे मैंने नहीं मारा। वो तो तांत्रिक खुजली वाले का सेवक था। भला उसे क्यों मारेंगे।

शमशेर: क्या? तुमने नहीं मारा? तो फिर किसने?

सूत्रधारः इंस्पेक्टर शमशेर ने सोचा था कि प्रोफेसर को पकड़ लिया तो केस सॉल्व हो जाएगा। मगर अभी भी कुछ गुत्थियां खुलना बाकी हैं। क्या पागल जादूगर का भूत वाकई में है। जानने के लिए पढ़िए अगला अध्याय, "*भूत का कमाल*"।

9

भूत का कमाल

<u>*कलाकार*</u>

1. सूत्रधार
2. इंस्पेक्टर शमशेर
3. हवलदार लाइसेंस
4. प्रोफेसर
5. तांत्रिक खुजली वाला
6. तांत्रिक बिजली वाला
7. भूत

सूत्रधारः पिछले अध्याय में आपने देखा कैसे अंधेरी बर्फीली रात में इंस्पेक्टर शमशेर और इंस्पेक्टर रतना की टीम ने प्रोफेसर और तांत्रिक खुजली वाले को उनकी लक्ष्मण रेखा को तोड़ कर पकड़ लिया। क्या हत्याओं का यह खूनी सिलसिला थम जाएगा? या कुछ और भी बाकी है इस कहानी में।

सूत्रधारः शमशेर पुलिस स्टेशन में प्रोफेसर और तांत्रिक से सच जानने की कोशिश कर रहा था।

शमशेरः तो प्रोफेसर शुरू हो जाओ और पूरा का पूरा सच उगल दो, प्यार से या डंडे से वो तुम्हारी मर्जी।

प्रोफेसरः इंस्पेक्टर साहब, मैं बौना जादूगर से पहले से जादूगर गोपी चंद के साथ काम कर रहा था और मैं उससे बेहतर जादूगर भी था, लेकिन उसने धीरे-धीरे खुद भी जादू की नई ट्रिक्स बनानी शुरू कर दी। जो की दर्शकों को अच्छी लगती और गोपी चंद भी उसे मुझसे ज्यादा पसंद करने लगा। उसकी हवा में उड़ने वाली ट्रिक बहुत मशहूर भी हुई। मैं भी और अच्छा करना चाहता था और एक दिन मेरी मुलाकात तांत्रिक बिजली वाले से हुई। और तांत्रिक बिजली वाले ने अपने गुरु तांत्रिक खुजली वाले से मुझे मिलवाया।

प्रोफेसरः पहली बार जब में उनसे मिला तो मैं बहुत डर गया था। तांत्रिक बिजली वाला उस वक्त हवन कर रहा था और एक लाश हवा में झूल रही थी। लेकिन जब उनकी जादुई ताकत को देखा तो मैं उनसे सीखना चाहता था और इसलिए मैं उनका चेला बन गया।

शमशेरः हाँ भाई तांत्रिक, क्या सच है ये?

तांत्रिक खुजली वालाः जय काली माता की। हाँ ये बिलकुल सही बोल रहा है। मेरी सिद्धि प्राप्त करने में इसने मेरी बहुत मदद की है। चार साल पहले इसने मुझे एक साथ तीन बच्चों की लाशें दिलवाई और उसी से शुरू हुआ मेरा सिद्धि प्राप्त करने का सिलसिला।

शमशेरः क्या कहा बच्चे।

सूत्रधारः शमशेर बच्चों का नाम सुन बहुत गुस्से में आ जाता है और उन दोनों को बहुत मारता है।

प्रोफेसरः अरे इंस्पेक्टर साहिब, मत मारो। सब बता तो रहा हूँ।

शमशेरः और आगे बताओ, क्या हुआ?

प्रोफेसरः तीन साल पहले तांत्रिक खुजली वाले ने एक घर से एक बच्चा उठाने की कोशिश की मगर वो पकड़ा गया।

तांत्रिकः तब भी केवल प्रोफेसर की वजह से मैं बच पाया। उसने ही मुझे जेल से भगाया। एक हवलदार की बेटी को उठा कर उसे मुझे छोड़ने

को मजबूर किया।

प्रोफेसर: उसके बाद हमने सब काम बंद कर दिए। लेकिन एक दिन तांत्रिक बिजली वाला एक प्लान लेकर आया। उसने तंत्र विद्या की असीम शक्ति को हासिल करने का रास्ता बताया। उस प्लान से हमें हर पूर्णमाशी को काली माता को इंसान का खून चढ़ाना था। और पिछले एक साल से हम वही कर रहे थे। कभी गोपी चंद के मैजिकल शो से किसी बच्चे को गायब करते तो कभी किसी भिखारी को उठा लेते।

तांत्रिक: मगर सबसे ज्यादा असर हुआ जब तांत्रिक बिजली वाला बौना जादूगर की बीवी और बच्चे को उठा लाया। उनके चढ़ावे से काली माता बड़ी खुश हुई।

शमशेर: ओह! इसीलिए बौना जादूगर ने उसको राकेश के हाथों मरवा दिया।

तांत्रिक: हाँ, हो सकता है।

शमशेर: मगर बौना जादूगर के परिवार को कब उठाया?

प्रोफेसर: जब बौना जादूगर पागल हो गया और गायब हो गया तो एक दिन उसकी बीवी अपने बच्चे के साथ, गोपी चंद जादूगर से मदद मांगने आई। उसी दिन तांत्रिक बिजली वाला भी वहाँ आया हुआ था। उसने ही यह प्लान बनाया। उसने कहा....

तांत्रिक: चलो उठा लें इस औरत को, बच्चा मिले तो और भी अच्छा, हवन कुंड में इनको जला के, काली मां को भोग दें सच्चा।

प्रोफेसर: और मौका मिलते ही उसने उन दोनों को उठा लिया।

शमशेर: प्रोफेसर तुम तो जादूगर बनना चाहते थे। तुम तो खूनी, हत्यारे और पता नहीं क्या-क्या बन गए। रोहन को क्यों मारा।

प्रोफेसर: रोहन और राजू कॉलेज में एक साथ पड़ते थे। लेकिन हमें इस के बारे में कुछ नहीं पता था। राजू के मरने के बाद, एक दिन रोहन अपने कुछ दोस्तों के साथ गोपी चंद जादूगर के साथ काम करने आया। उसके साथ मेरी दोस्ती हो गई। मगर उसको मेरे बारे में सब पता चल गया तो मुझे उसको रास्ते से हटाना पड़ा। इल्जाम हम पे ना लगे, इसलिए हमने उनका पीछा किया और रास्ते में बस खराब करने के लिए ड्राइवर को पैसे दिए। और जंगल में भूतिया नाटक खेला ताकि इल्जाम

बौना जादूगर के भूत पे आए।

शमशेर: तुम्हारे हिसाब से बौना जादूगर कहाँ पर हो सकता है।

सूत्रधार: अचानक पुलिस स्टेशन में एक बम फटता है, और चारों तरफ धुआं ही धुआं हो जाता है।

शमशेर: यह क्या हुआ? देखना लाइसेंस यह प्रोफेसर कहीं भाग ना जाए।

लाइसेंस: सर, मैंने तांत्रिक को पकड़ा हुआ है। आप प्रोफेसर को पकड़ो।

सूत्रधार: थोड़ी देर बाद, जब धुआं उठता है तो तांत्रिक और प्रोफेसर गायब होते हैं।

शमशेर: लाइसेंस, यह क्या पकड़ रखा है?

लाइसेंस: तांत्रिक और क्या? (डर के) ओह! नहीं यह क्या भालू। आलतू जलालतु, आई बला को टाल तू। साहिब लगता है, बौने जादूगर का भूत आया था।

शमशेर: क्या कह रहे हो। ऐसा कैसे हो सकता है।

भूत: हा, हा, हा, इंस्पेक्टर शमशेर ये दोनों मेरे शिकार हैं। इन्हें मैं कानून को नहीं दे सकता। इसलिए ले जा रहा हूँ।

सूत्रधार: क्या वाकई, भूत ले गया प्रोफेसर और तांत्रिक खुजली वाले को या कहानी कुछ और है। जानने के लिए पढ़िए, '*मौत का खूनी खेल*'।

10

मौत का खूनी खेल

<u>*कलाकार*</u>

1. बौना जादूगर
2. इंस्पेक्टर शमशेर
3. हवलदार लाइसेंस
4. तांत्रिक खुजली वाला
5. प्रोफेसर
6. सरपंच

सूत्रधारः पिछले अध्याय में आपने देखा कैसे प्रोफेसर सब सच बता देता है। लेकिन पुलिस स्टेशन से भूत, खुजली वाला और प्रोफेसर को उठा कर ले जाता है। क्या करेगा भूत इनका और कहाँ ले गया है इनको, जानने के लिए पढ़िए आगे।

लाइसेंसः शमशेर सर, कहाँ ले गया होगा वो प्रोफेसर और तांत्रिक को? अब कहाँ ढूंढेंगे उन्हें?

शमशेर: मुझे पता है, वो कहाँ गया होगा। यह मौत का खेल जहाँ शुरू हुआ था, वहीं खत्म भी होगा।

सूत्रधारः शमशेर और लाइसेंस निकल पड़ते है गाँव की ओर। वहाँ राजू की माँ सारे गाँव वालों को गाँव के चौंक में बुला लाती है। सभी वहाँ पर इक्कठे हो जाते हैं।

राजू की माँ: गाँव वालों, आज हमारे बच्चों के साथ इतना घिनौना पाप करने वालों को सजा मिलेगी। बौना जादूगर लेगा हमारा बदला।

सरपंच: बौना जादूगर! मगर उसने ही तो हमारे बच्चों को मारा है ना, राजू की माँ। तो वो हमारा बदला कैसे लेगा?

राजू की माँ: नहीं, असली गुनहगार, कोई और है। हमारा असली गुनहगार प्रोफेसर है। वो शहर के एक बड़े जादूगर, गोपी चंद के साथ काम करता था। उसी ने तांत्रिक बिजली वाले के गुरु तांत्रिक खुजली वाले के साथ मिल कर यह सब किया है। दोनों ने ही यह सारा प्लान बनाया था बौने जादूगर को फँसाने के लिए। वो देखो वो लोग आ गए।

सूत्रधारः सभी गाँव वाले आसमान की तरफ देखते हैं। बौना जादूगर प्रोफेसर और तांत्रिक खुजली वाले को पकड़ कर ला रहा होता है।

एक बड़े सा विशाल कपड़ा उस तरफ आ रहा होता है। बौने जादूगर ने एक हाथ में प्रोफेसर को और दूसरे में तांत्रिक को पकड़ रखा होता है।

बौना जादूगर: आज में अपना और आप सभी गाँव वालों के साथ-साथ उन मासूमों का भी बदला लूंगा जिनको इन्होंने मारा है।

सूत्रधारः बौना जादूगर जमीन पर उतरता है और देखते ही देखते दोनों की एक-एक बाजू उनके धड़ से अलग कर देता है और पेड़ पर लटका देता है।

बौना जादूगर: यह उन लोगों के लिए जिनको तुमने बिना किसी गलती के, सिर्फ अपने नापाक इरादों को पूरा करने के लिए मारा।

तांत्रिक: आ...आ... ओह नहीं, हमें माफ कर दो।

प्रोफेसर: हाँ, ओह... नहीं, मैं बहक गया था, सबसे बड़ा जादूगर बनने के लिए, मैंने यह सब किया।

बौना जादूगर: तुम्हें इतनी आसानी से नहीं मारूँगा। तुम्हारी हर सांस तुम से भीख मांगेगी मरने के लिए।

सूत्रधारः बौना जादूगर, उन दोनों के दूसरे हाथ की एक उंगली उखाड़ कर जमीन पर फेंक देता है।

बौना जादूगरः राजू को मार कर मुझे फँसाना चाहते थे।

प्रोफेसरः आह, आह। तुम्हें रास्ते से हटाने को गोपी चंद ने कहा था। इसलिए मैंने ऐसा किया।

सूत्रधारः बौना जादूगर, तांत्रिक की एक टांग तोड़ देता है।

बौना जादूगरः मेरे बीवी और बच्चे ने तुम्हारा क्या बिगाड़ा था?

तांत्रिकः सिद्धि प्राप्त करने के लिए, हमें खून चाहिए था, इसलिए तांत्रिक बिजली वाले के साथ मिल कर यह सब किया। आह... आह.... हमें माफ कर दो।

सूत्रधारः प्रोफेसर इस धीरे धीरे मिलने वाली मौत से घबरा कर, गाँव वालों से उन्हें मारने की भीख मांगता है।

प्रोफेसरः गाँव वालों, हम गुनहगार हैं, हमें मार दो। प्लीज, हमें मार दो।

बौना जादूगरः तुम्हें इतनी आसन मौत नहीं दूंगा। समझे।

सूत्रधारः बौना जादूगर, प्रोफेसर की भी एक टांग तोड़ देता है।

बौना जादूगरः रोहन और उसके दोस्तों को क्यों मारा। मैंने उन्हें बचाने की भी कोशिश की, मगर बचा नहीं पाया।

जंगल में जब तुम लोग उन बेचारों को पेड़ से लटका रहे थे, तब मैं वहाँ आया था। मैंने तूफ़ान भी पैदा किया, जिससे तुम लोग भागे, मगर तब तक बहुत देर हो चुकी थी। मैं उन्हें बचाने में लगा था और उस चक्कर में तुम लोग मेरे हाथ से बच गए। मैंने तुम्हारा पीछा भी किया, मगर ढूँढ नहीं पाया।

बौना जादूगरः मुझे माफ कर देना सरपंच जी, मैं आपके रोहन को पूरी तरह से बचा नहीं पाया। मैं उन बच्चों को भी बचा नहीं पाया, जब तक मैं वहाँ पहुँचा, तब तक इन पिशाचों ने उन्हें बहुत बेरहमी से जला दिया था।

सरपंचः (रोते हुए) इनको बस छोड़ना मत, तड़पा-तड़पा कर मारना।

सूत्रधारः बौना जादूगर दोनों की एक एक आंख में उंगली डाल पुतलियाँ निकाल लेता है। वो दोनों दर्द से तड़प रहे होते हैं, तभी वहाँ

इंस्पेक्टर शमशेर पहुँचता है और हवा में गोली चलाता है।

शमशेर: बौने जादूगर इन दोनों को कानून के हवाले कर दो। इनको सज़ा कानून देगा।

बौना जादूगर: नहीं इंस्पेक्टर, इनको सजा कानून नहीं दे सकता। यह लोग जेल से फिर भाग जायेंगे। यह आप लोगों के बस की बात नहीं है।

प्रोफेसर: इंस्पेक्टर साहिब हमें बचा लो। हम कोई भी सजा भुगतने को तैयार हैं।

सूत्रधार: जब तक इंस्पेक्टर शमशेर कुछ कर पाता, बौना जादूगर दोनों को पकड़ कर उनके सिर, उनके शरीर से निकाल देता है। वो तड़प-तड़प के मर जाते हैं।

शमशेर: यह क्या किया तुमने। अब तुम्हें भी सज़ा मिलेगी। अपने आप को पुलिस के हवाले कर दो।

बौना जादूगर: हाँ इंस्पेक्टर साहिब, कर दूंगा अपने आप को पुलिस के हवाले। पहले इस माँ के पैरों को छूकर माफी माँग लूँ, जिसका बेटा मेरी वजह से मरा। उसके बावजूद, इसने मुझे पनाह दी। जंगल में रात को खाना भी देती रही।

बौना जादूगर: सरपंच जी, वो देखिए।

सूत्रधार: सरपंच और गाँव वाले पीछे मुड़ के देखते हैं। रोहन जंगल की तरफ से आ रहा होता है। उसके आधा मुँह, हाथ और पैरों पर जलने के निशान होते हैं।

सरपंच: रोहन, मेरे बेटे, तुम जिंदा हो। शुक्रिया बौना जादूगर। यह सब कैसे किया तुमने?

बौना जादूगर: मेरे गाँव से निकाले जाने के बाद, राजू की माँ से एक दिन मिला। उनको समझाया और माफी मांगी। साथ ही राजू की मौत का बदला लेने के बारे में भी बताया। मगर इन से बदला लेने के लिए मुझे पूरा खेल समझना था। इसलिए हमने रोहन और उसके दोस्तों को अपने प्लान में शामिल किया। मगर जब इन दोनों ने रोहन और उसके दोस्तों पर हमला किया तो मुझे लगा कि पुलिस को शामिल करना पड़ेगा ताकि इनको पकड़ सकें। किस्मत से इंस्पेक्टर साहिब आप हमें मिल गए और बाकी तो आपको पता ही है।

शमशेर: कानून मुझे इजाजत नहीं देता की मैं तुम्हें छोड़ सकूं, इसलिए तुम्हें गिरफ्तार करना होगा। लेकिन मैं तुम्हें कम से कम सजा दिलवाने की कोशिश करूंगा। लाइसेंस इन लाशों को पोस्टमार्टम के लिए भेजो।

लाइसेंस: मर गया मैं! मुझे ही सब गंदा काम करना पड़ता है। अरे देख क्या रहे हो गाँव वालों, मेरी मदद करो।

सूत्रधार: लाइसेंस डर-डर के प्रोफेसर और तांत्रिक के शरीर के हिस्सों को उठाता है और उसे देख गाँव वाले खूब हँसते हैं।

इंस्पेक्टर शमशेर केस क्लोज कर देता है बौना जादूगर को तांत्रिक खुजली वाले और प्रोफेसर को मारने के लिए 5 साल की सजा सुनाई जाती है। इंस्पेक्टर शमशेर पुलिस की नौकरी छोड़ देता है और उसकी पत्नी अपने बच्चे के साथ वापिस आ जाती है। इंस्पेक्टर शमशेर अपने परिवार के साथ खुशी-खुशी रहने लगता है।

लेकिन, राजू की माँ मुस्कुरा रही होती है।

सूत्रधारः राजू की माँ आखिर मुस्कुरा क्यों रही है। हमें तो लगा कहानी खत्म, मगर क्या आगे कुछ और है। सोचिए, क्या हो सकता है आगे।

कुछ दिल से

उम्मीद करता हूँ की यह मेरी कोशिश आपको पसंद आयी होगी। कमैंट्स में या ईमेल पर लिख के बताना जरूर।

यह मेरी पाँचवी किताब है, मेरी पहली किताब थी "Inspiring Relationships" जो अंग्रेजी में है। इस किताब में अलग-अलग रिश्तों को सकारात्मक रूप से दिखाने के लिए हर रिश्ते पर एक कविता और एक कहानी लिखी है। मेरी दूसरी किताब है "एक आम इंसान"। यह कविता संग्रह हर आम और खास के जीवन को संजोने की एक कोशिश है। मेरी तीसरी किताब 'इश्क़ बाज़ार' प्रेम के प्रसंग की कविताओं पर आधारित है। मेरी चौथी किताब है 'एक सपनों की उड़ान' जिसमें मैंने अपनी कविताओं से हर इंसान को प्रेरित करने की कोशिश की है।

गगनदीप सिंह भरारा "निशब्द"

हो सके तो इन सभी किताबों पर आपके विचार मुझे जरूर लिखें। मेरा ईमेल आईडी है "ustatgagan@gmail.com".

www.ingramcontent.com/pod-product-compliance
Lightning Source LLC
LaVergne TN
LVHW060152051026
849517LV00007B/2644
* 9 7 9 8 8 8 8 6 9 3 8 3 4 *